Anne Loyer

Comme une envie de voir la mer

info@alice-editions.be
www.alice-editions.be
ISBN 978-2-87426-262-3
EAN 9782874262623
Dépôt légal : D/2015/7641/21
Imprimé à Malte par Gutenberg.

Anne Loyer

Comme une envie de voir la mer

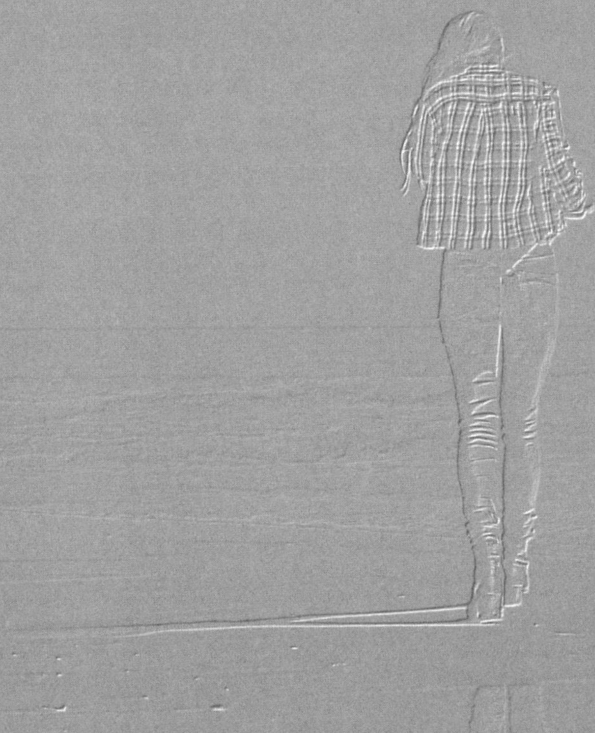

'ALICE
TERTIO

I

C'EST QUAND ELLE S'EST FAIT APPELER LUDIE QUE TOUT A COMMENCÉ.

Ce n'était pas vraiment un prénom, Ludie. Un collage bancal de deux syllabes, tout au plus. Pourtant elle l'aimait, cette sonorité. Elle y tenait. C'est d'ailleurs elle qui l'avait imposée dès qu'elle en avait eu le droit. Non. Ce n'est pas exactement ça. Dès qu'elle avait pris ce droit. À la hussarde.

Ludie donc. Parce que Ludivine, ce n'était plus possible. Et, le plus incroyable, c'est que personne n'avait moufté. Ludie s'était imposée comme une évidence au creux des oreilles, sur les langues, au bout des stylos, partout. Elle avait rayé Ludivine de la carte, l'avait définitivement rangée là-bas, au fond du rayon enfance.

C'était le jour de ses seize ans, exactement. Elle venait d'avoir le bac – mention bien, s'il vous plaît – avec deux ans d'avance, M'sieurs dames. La précoce vous salue.

Jusque-là, elle avait été l'image de l'enfant sage : celle qui va faire ses devoirs sans faire d'histoires ; celle qui révise le sourire aux lèvres ; celle qui ne donne que des motifs de satisfaction à ses parents ; la petite fille modèle ; l'ado parfaite. Un mirage...

Elle avait décroché LE diplôme, sauté la dernière haie, atteint la ligne d'arrivée. Mais c'était juste sa ligne de départ. Ils ne le savaient pas encore. Ils allaient le comprendre...

Adeline d'abord. Celle qui l'avait poussée, entraînée comme une jument de compète. Aussi loin qu'elle se souvienne, sa mère avait voulu qu'elle soit en avance pour tout : qu'elle sache lire avant d'aller à l'école ; qu'elle sache écrire son nom avant l'heure ; qu'elle apprenne ses tables de multiplication avant les autres. Avant, avant, avant... Toujours avant. Comme si prendre de l'avance était une nécessité impérieuse pour « réussir dans la vie ». Ces quatre mots-là, Adeline les avaient répétés en boucle à sa fille. Jusqu'à plus soif. C'était un peu la deuxième peau de Ludivine. Son survêtement pour s'entraîner, répéter, réviser. Elle devait réussir dans la vie. Rien d'autre n'avait d'importance à part prendre de l'avance, de l'élan pour doubler les autres, les dépasser, être meilleure qu'eux, briller. Et Adeline exhibait sa fille comme un diamant à son doigt.

— Ludivine sait déjà lire. Ludivine sait déjà écrire. Ludivine sait déjà jouer du Mozart au piano. Ludivine sait déjà...

Et le petit singe savant s'avançait, souriait et exécutait le numéro que sa mère lui donnait à jouer devant l'assemblée. Une assemblée composée, au choix, d'admirateurs – la famille –, de bien élevés – les amis –, de sceptiques – les connaissances – , d'indifférents – les voisins. Mais ils se devaient d'écouter, de hocher la tête, d'approuver, d'applaudir, qu'importe, pourvu qu'ils réagissent. Ludivine pouvait alors tirer sa révérence et retourner à ses études.

Patrick ensuite. Avec une fierté aussi large que ses épaules, il faisait tourner Ludivine au-dessus du sol à chaque nouvel exploit : premier poème, première récitation, premier problème... Chaque note de Ludivine, chaque appréciation de ses profs l'émouvait. Sa fille, c'était son héroïne.

Un monde parfait. Une enfance sans fausse note. Un petit chef-d'œuvre parental. Ludivine avait réalisé toutes les ambitions de sa mère, répondu à toutes les attentes de son père, avec tellement d'aisance que sa voie paraissait toute dégagée, toute tracée : elle allait réussir dans la vie. C'était sûr, écrit, ancré. Même l'éducation nationale confortait cette certitude : sauts de classe, félicitations à gogo, encouragements à foison. Il fallait continuer, ne pas s'arrêter en si bon chemin.

S'arrêter ? La bonne blague ! Adeline et Patrick étaient d'accord depuis longtemps : ce serait les classes prépas, les concours et le choix « haut du panier ». La crème de la crème des études. La suite logique d'un parcours d'excellence. Aucun souci, aucun doute.

Sauf que le jour de ses seize ans, une lubie lui a pris : Ludivine s'est appelée Ludie. Une douce lubie qui n'a rencontré aucune résistance. Tout au plus des sourires amusés. Après tout, c'était bien la première fois que Ludivine se démarquait ; elle avait bien le droit de se choisir un diminutif. C'était une grande jeune fille maintenant.

À force de prendre de l'avance, elle était en retard sur sa crise d'adolescence. C'est ce qu'Adeline et Patrick ont dit, c'est ce qu'ils ont cru, quand, après Ludie, ça a continué. Parce que Ludie n'était que la préface d'une histoire à inventer. Une histoire bien différente de celle déjà écrite. Une histoire bien à elle. Son histoire. Et ça, c'était vraiment nouveau.

II

DANS SA CHAMBRE, IL TOURNE EN ROND, SON CASQUE SUR LES oreilles. Il y a l'espace d'une ou deux enjambées entre le lit, la fenêtre et le bureau. Mais ça lui suffit. Il tourne sans se presser, ritournelle à deux jambes. Il attend ou fait comme si. Ses journées se passent à attendre. Là, entre ces quatre murs qui sont les siens depuis... il ne se rappelle plus. Bientôt, elle sera là. Elle lui a promis et Violette lui a rappelé tout à l'heure :

— C'est aujourd'hui que ta sœur vient te voir.

L'infirmière avait le sourire des grandes nouvelles. Celles qui lui font un petit coin de ciel bleu dans la tête.

Alors, il tourne pour mieux attendre. Ce cercle, c'est son domaine, son royaume, son empire. Il maîtrise, il est chez lui. Mais, *aujourd'hui*, c'est long et elle n'a pas précisé si c'était le matin ou l'après-midi, le soir ou le midi. Il est déjà tard puisqu'il sent les odeurs venir de la cuisine. Elle est juste en dessous ; il est toujours le premier à savoir ce qu'il va y avoir au déjeuner ou au dîner. C'est son grand jeu de trouver. Il est vraiment heureux quand il a tout juste.

— Bien joué, Mat. T'es trop fort, Mat.

Même les autres lui disent. C'est que ça doit être vrai. Il aimerait bien travailler dans la cuisine, toucher la peau des légumes, les tailler en petits morceaux, les plonger dans l'eau bouillante, écouter chanter l'huile dans la poêle, s'enivrer de fumets piquants, pleurer sur les oignons, faire de jolies assiettes, plonger son doigt dans la casserole. Mais, au centre, ils ne veulent pas. Jamais. Alors, tant pis, il reste là. Sage, Mat. Sage comme une image, Mat. Il n'est pas dérangeant, pas contrariant. Ou, en tout cas, pas trop souvent.

On frappe à la porte. Il ne s'arrête pas. Tant que ce ne sera pas elle, il ne s'arrêtera pas. Violette entre, les mains dans les poches.

— Alors, Mat ? Tu ne réponds pas ?

— Je peux pas.

— Pourquoi ? Tu es si occupé que ça ?

— J'attends. C'est compliqué. Je suis concentré.

— Je vois ça !

Violette part d'un grand rire. Son buste généreux se balance sous sa bouche ouverte. C'est qu'elle l'aime bien, son Mat. Elle est là depuis deux ans maintenant, et elle est bien consciente de s'être attachée à lui.

Le truc interdit. S'attacher, c'est vraiment ce qu'on ne doit pas faire. C'est l'un des premiers préceptes à respecter, la première des règles de la charte, quand on entre ici, aux Oiseaux bleus. Mais comment faire quand on passe autant de temps avec les résidents ? Violette n'est pas du genre à rester en retrait, pas du genre à se montrer froide. Et puis, elle n'a pas chez elle de quoi s'évader. Pas de petit ami, pas d'enfant. Un chat seulement, le vieux Pedro, qui perd ses moustaches et qui est aussi gros qu'un petit bouddha. Elle a promis à Mat de le lui présenter un jour. Encore une promesse qu'elle n'aurait pas dû faire. Violette est décidément fâchée avec les règlements. Pas sa tasse de thé, ces « il ne faut pas » et autres « évitez de »... Tant pis. Pas grave. Elle lui met un petit coin de ciel bleu dans la tête, à Mat. C'est lui qui lui a dit. C'est qu'il est poète à ses heures. Et du ciel bleu dans la tête, ça n'a pas de prix.

— En attendant d'attendre, c'est bientôt l'heure de manger. Tu viens ?

— Non !

— Comment ça, non ?

— Non ! Je dois l'attendre. Elle doit venir aujourd'hui. Elle me l'a promis. Et toi, tu me l'as dit.

Aïe ! Violette sent monter la pression. Mat ne cédera pas. Il sait se montrer intransigeant quand il a une idée en tête. Violette n'a pas envie de le forcer, pas envie de l'entendre crier, pas envie de le voir se débattre. Mat est un gosse dans un corps d'adulte. À dix-huit ans, il en a six d'âge mental. Ses caprices décuplent ses forces. Ils sont rares mais terribles, et Violette devine combien celui-là risque d'être violent.

— Et si je t'apporte un plateau-repas ? Tu mangeras ? Comme ça, tu ne sors pas de ta chambre et tu ne peux pas la manquer...

Mat arrête ses pas, retire son casque pour mieux écouter la proposition de Violette. Même si son appareil est muet depuis longtemps par manque de batterie, il aime avoir ces deux boules blanches sur ses oreilles. Il se concentre mieux. La phrase de Violette est tellement inattendue qu'il faut qu'il écoute bien.

— Répète !

Violette soupire mais obtempère. Elle connaît les lubies de Mat.

— Si je t'apporte un plateau-repas dans ta chambre, tu es sûr de ne pas la manquer.

— Je suis d'accord.

Et il remet son casque, puis il reprend sa ronde.

Violette sort sans savoir comment elle va procéder. Les résidents sont censés manger tous ensemble dans la grande salle. Seule la maladie peut les autoriser à garder la chambre. Une fois de plus, elle outrepasse le règlement. Bah ! Pas grave ! Elle va bien trouver un moyen. Ce n'est quand même pas la fin du monde si Mat ne s'attable pas avec les autres pour une fois.

— Bonjour ! Je viens voir Mat.

Tout entière à ses pensées, Violette a failli lui rentrer dedans. Cette jeune fille aux boucles brunes et aux yeux bleus qui se tient devant elle, Violette la reconnaît. Serrée dans un pantalon en cuir, elle a l'air d'une plante qui a poussé trop vite. Ses deux tiges noires et fines, presque maigres, soutiennent un blouson couleur ambre, ouvert sur une chemise blanche. À la main, elle tient un casque bleu pétant. Son sourire rayonne dans ce couloir fade. C'en est presque aveuglant.

— Ah ! Il vous attend ! J'allais lui chercher à manger. Vous restez déjeuner ?

— Oh non, merci. Je n'ai pas le temps.

— OK ! Alors, je viendrai le chercher, quand vous serez partie.

Ouf ! Violette est soulagée. Dès que la visiteuse sera repartie, Mat acceptera d'aller déjeuner avec les autres. Pas besoin d'inventer quoi que ce soit. La fille est déjà à l'autre bout du couloir, toute droite devant la porte fermée. Immobile, comme si elle hésitait à entrer. Violette lui trouve un air fragile, un air chancelant, jusqu'à ce qu'elle voie sa main se poser sur la poignée avec une assurance aussi soudaine que déterminée. Ludivine se fait happer par la chambre de Mat. Violette sourit. Allez hop, une bonne chose de faite. Madame Pivoine l'attend. Et elle a déjà pris du retard.

III

— MAT ?

Ce grand gosse au visage poupin, Ludie n'arrive jamais à savoir comment elle l'aime. Comme un frère, assurément. Mais pas seulement. Beaucoup moins aussi parfois, si elle est honnête. Comme un ami aussi. Un ami pas comme les autres, c'est tout. C'est vrai qu'il est bizarre avec ses gestes désordonnés, ses mots encore en enfance, ses colères soudaines, ses sourires désarmants, ses yeux innocents, ses questions lancinantes. C'est vrai que, parfois, elle ne le supporte plus. Elle voudrait qu'il disparaisse. Pourtant, étrangement, il lui manque aussi. Quand elle était petite, il jouait avec elle. Il était le grand. Ça n'a pas duré longtemps. Bien vite, elle l'a dépassé. Pas en taille. Mais en raisonnement, en intelligence, en maturité. Lui, il l'adorait, l'admirait, l'adulait. Il l'appelait déjà Ludie. Sa Ludie. Il était le seul et, à l'époque, elle détestait ce diminutif.

Mat avait des emportements de tendresse qui lui faisaient peur, mais qu'elle ne pouvait s'empêcher d'espérer.

Et puis, il était parti en pensionnat. Il revenait le week-end ; il se montrait déjà différent, plus lointain. À moins que ce ne soit elle. Sa présence l'incommodait. Il prenait toute la place. Sa place. Celle qu'elle gagnait la semaine auprès d'Adeline et Patrick, tellement heureux de n'avoir qu'elle à chouchouter. Mais le week-end, tout s'inversait. Ils étaient aux petits soins pour Mat. Ils craignaient tellement une crise, un problème, un déraillement, qu'ils anticipaient chacune de ses réactions. Alors, Ludivine passait les deux jours dans sa chambre à travailler, encore et encore. Apprendre, lire, réciter, réviser. Oublier. Et le dimanche soir, c'était la délivrance. Mat repartait dans son internat. Ce lieu obscur où il suivait des cours adaptés à ses possibilités. Minces, les possibilités. Quelles possibilités d'ailleurs ? Ludivine évitait d'y penser. Et puis, l'internat n'a plus suffi, Mat a rejoint Les Oiseaux bleus. Institution pour personnes déficientes. Institution à pension complète. Fini, les week-ends à la maison. Le soulagement, teinté de culpabilité. Voilà ce qui a pris la place de Mat. Plus facile à gérer. Moins fatigant, moins contraignant.

Et là, maintenant, Ludie regarde ce frère qu'elle connaît si peu finalement. Cet étranger familier dont le sourire mange tout le visage.

— Ludie ! T'es venue !

— Oui.

Il l'avale entre ses bras, couche sa tête sur sa poitrine. Il se rétrécit pour mieux l'étreindre. Elle lui tapote gentiment le dos de sa main libre, déjà embarrassée par le volume de sa présence.

— J'suis trop content, tu sais ?

— Oui, je sais, Mat. Comment va la vie ?

— Bien. Tranquille. Peinard. J'ai mon casque ! dit-il en montrant ses deux boules blanches qui lui cachent les oreilles.

— C'est bien ! T'écoutes quoi ?

— Rien.

— Ah !

Il a le don de la désarçonner.

— Je suis venue te chercher.

— Me chercher ? Pour aller où ?

— Je t'embarque...

— Mais pour aller où ?

— Tu n'as pas envie de partir avec moi ? On va juste faire une balade. Manger dehors. J'ai envie de voir la mer. Pas toi ?

Mat la regarde, immobile. Il ne comprend pas ce qu'elle lui dit. Partir, ce n'est pas dans le programme de sa journée. Violette lui avait dit que sa sœur allait venir, pas qu'elle allait l'emmener. Pour aller où ? Il n'arrive pas à visualiser son départ des Oiseaux bleus. Cela fait maintenant cinq ans qu'il est là. Tranquille. Peinard. Un temps pour tout. Et, ce tout, il le connaît sur le bout des doigts : le lever, la toilette, les repas, la sieste, les travaux, la télé, la nuit, les visites. C'est tout. Et c'est déjà énorme. Ça lui prend tout son temps. Quand une sortie est prévue, on le sait à l'avance. Comme ça on peut se préparer. Là, c'est si subit que ce n'est pas normal.

— Mais pour aller où ?

Ludie se mord les lèvres. Bien sûr, elle s'était attendue à une résistance, mais elle croyait tellement que son offre allait lui plaire. La promesse d'une virée avec elle aurait dû lui suffire à passer outre ses habitudes.

— Mais pour aller où ?

La voix de son frère grimpe dans les aigus. Mauvais signe.

— Écoute. Je voulais te proposer d'aller au bord de la mer. C'est pas loin. Je t'ai amené un casque, tu vois, dit-elle en brandissant l'objet qui n'a pas quitté le bout de son bras.

Une preuve tout en rondeur de sa bonne foi, genre : « Tu vois, j'ai pensé à tout. Je t'embarque en toute sécurité. Je conduis la moto et toi tu t'accroches à ma taille. »

— Tu as une moto ?

Les yeux de Mat scintillent comme deux boules de Noël. Bingo ! Ludie a fait mouche.

— Exact ! C'est celle de Virginie. Elle me l'a prêtée juste pour toi et moi. Alors t'en dis quoi ?

— Ouiiiiiii ! Je veux faire de la moto.

— Allez hop ! Mets ta veste, on est partis !

Avec des gestes brusques, Mat s'enroule dans son blouson. Ses cils battent à toute vitesse.

— Allez viiiite, viiite.

— OK ! Doucement, Mat. Laisse tes écouteurs ici, tu n'en auras pas besoin. On va faire ça discrètement d'accord. C'est un secret. OK ?

— Un secret, un secret, un secret... OK, OK, OK.

Sans cesser de répéter le mot magique, il glisse sa longue carcasse le long des murs, poussé par Ludie : l'escalier, la porte d'entrée... Ouf, pas d'obstacle. La moto est là, rouge comme un départ de feu. Une moto légère, de cross, que Ludie a déjà conduite plusieurs fois dans les pistes de sable derrière la plage sud. Elle met le casque à son frère, enfile le sien, enfourche sa bécane. Il s'agrippe à elle, le corps secoué de frissons.

— C'est bon ? On y va ?

— Ouiiiii...

Le vent emporte son oui. Ludie l'entend rire dans son cou. Il est tout entier transporté. Et tout doucement, alors que l'engin prend de la vitesse en s'écartant des rues habitées, elle le sent se dégager d'elle. Il ouvre les bras et hurle :

— Je vooooole !

IV

SOURCILS FRONCÉS ET BOUCHE PINCÉE, ANNE DE LA BRINDISIÈRE fixe l'aide soignante. Cette Violette ! Depuis qu'elle est là, elle n'en fait qu'à sa tête. Cette poitrine proéminente, cet air éternellement joyeux, ce déhanchement excessif... Rien, Anne n'aime rien en elle. Toute sa personne la révulse. Pourquoi diable avait-il fallu que son mari s'entiche de cette grosse dinde ? S'il n'avait pas autant insisté sur ses soi-disant brillants états de service, elle ne serait pas là, aujourd'hui et maintenant, à prendre toute la place dans son bureau.

— Alors ? Je vous écoute..., dit-elle d'une voix sèche à Violette.

Que va-t-elle encore inventer pour sa défense ?

— Eh bien, je ne vois pas ce que je pourrais dire. En quittant Mat, j'ai croisé sa sœur qui allait lui rendre visite et, quand je suis allée le chercher pour le déjeuner, il n'était plus là.

— C'est tout ?

— Euh... oui.

Anne de la Brindisière fait une grimace. Ce n'est pas la première fois qu'un résident fugue. Difficile de tenir ces jeunes à longueur de temps. On ne sait jamais ce qu'ils ont dans la tête. Le problème, c'est la sécurité, le manque de moyens et de surveillance. Dans sa tête défile la liste d'arguments qu'elle va devoir servir aux parents si cet idiot de Mat n'est pas retrouvé. Mon Dieu, que tout cela est fatigant. Depuis que Robert est mort et qu'elle a repris les rênes des Oiseaux bleus, force est de reconnaître qu'elle n'aime pas ça. L'établissement grouille de débiles légers et moyens, et elle doit en plus s'occuper de l'incompétence du personnel. Sans parler de la paperasserie et du reste. Un vrai casse-tête. Pourquoi, mais pourquoi, avait-il fallu qu'elle lui promette de ne jamais passer la main ?

— Madame ?

Violette est surprise de voir la directrice aussi muette. D'habitude, elle monte sur ses grands chevaux beaucoup plus vite. Elle s'emballe, s'énerve, vocifère. Tout était plus simple avant. Robert était posé, calme, attentif, patient. Bref un homme en or. Violette, comme ses collègues, s'était toujours demandée ce qu'il avait bien pu trouver à sa femme. Même si son nom à rallonge, son allure stricte mais altière ainsi que sa supposée fortune en imposaient malgré tout.

— Quoi ?

Anne de la Brindisière semble revenir de très loin. Elle secoue la tête pour renouer avec la réalité.

— Oui... bien... Je vais appeler cette jeune fille. Peut-être avons-nous son numéro de téléphone quelque part.

La directrice commence à fureter dans ses papiers quand elle remarque Violette, toujours campée devant elle.

— Eh bien, ma fille ! Vous pouvez disposer. Je n'ai plus besoin de vous et vous devez avoir du travail.

Violette sort sans un mot, retenant difficilement son envie de claquer méchamment la porte. Cette sale bonne femme s'est visiblement trompée de siècle. Elle lui parle comme à une domestique. Heureusement, le sourire de l'aide soignante réapparaît en pensant à la fugue de Mat et de sa sœur. Elle ne peut s'empêcher d'approuver cette petite folie. Le ciel bleu dans la tête de Mat s'est sûrement élargi grâce à cette virée. Et cette pensée n'est pas pour lui déplaire. Tant pis pour la vieille grincheuse !

Évidemment, Anne n'a pas le portable de la gamine. Il va falloir passer par les parents. Encore une partie de plaisir à venir.

— Allô ? Bonjour... Monsieur Patrick Martel ? C'est Anne de la Brinsidière, la directrice du centre des Oiseaux bleus.

— Ah ? Bonjour. Tout va bien pour Mat ?

— Oui... Enfin, je suppose.

— Pardon ? Comment ça, vous supposez ?

— Eh bien... En fait, votre fille est venue rendre visite à son frère. Et, apparemment, ils sont repartis ensemble... sans prévenir. Vous n'êtes pas au courant ?

— Pas du tout ! Qu'est-ce que c'est que cette histoire ?

La directrice se permet de renifler, agacée.

— Vous en savez maintenant autant que moi sur cette « histoire ».

— J'arrive.

— Si vous voulez... Mais ne serait-il pas préférable d'appeler votre fille ? Elle doit avoir un portable...

— Oui... effectivement. Je vais le faire.

L'homme raccroche sans un merci, sans un au revoir.

— Goujat, siffle Anne, entre ses dents.

Patrick dépose le téléphone. Ludivine partie avec Mat ? Pourquoi ? Pour où ? Et surtout, comment ? En train ? Il ne voit que ça. À pied ou en stop, il n'ose l'imaginer. Ce n'est pas que le centre soit si loin que ça mais, quand même, il faut bien une grosse heure de route. C'est en le formulant qu'il s'en rend compte. Une heure de route en voiture... Si elle y est vraiment allée à pied, c'est juste énorme. Quelle mouche l'a piquée ? Et pourquoi avoir emmené son frère ? Ce samedi matin, elle a pris son petit déjeuner avec eux, normalement. Et puis, elle a juste dit qu'elle allait faire un tour en ville. Nerveusement, il compose le numéro de portable de sa fille. Mais, comme il le craignait, il n'a pour toute réponse que le message du répondeur : « Bonjour, Ludie à votre écoute ! À votre écoute seulement. Pour les réponses à vos questions, veuillez réessayer plus tard ! »

Que ces bidules sont énervants ! Ils ne sont pratiques que lorsqu'il y a quelqu'un au bout. Sinon ils ne servent à rien !

Bon. Réfléchissons. D'abord prévenir Adeline et puis ne pas s'énerver, ne pas s'affoler. C'est juste que tout cela est tellement inattendu ! Jamais Ludivine ne va voir son frère sans eux. Jamais elle n'en parle, d'ailleurs. Comme s'il n'existait pas ou si peu. Pour être franc, Adeline et lui sont satisfaits de cette situation. Leurs professions respectives ne leur permettent pas de prendre en charge Mat. Ils ont essayé, longtemps, sans réussir à améliorer les choses. Dans cette institution spécialisée, il est heureux, bien traité… Enfin, bref, ce n'est pas le sujet. Patrick a déjà une main sur la poignée de la porte d'entrée, quand il se ravise. Il se retourne et se dirige rapidement vers l'escalier. L'urgence lui fait avaler les marches quatre à quatre. Il est déjà dans la chambre de Ludivine. Tout semble en ordre dans ce désordre familier : sur le lit même pas fait, traîne une chaussette orpheline ; le sac de cours gît sous son bureau, flasque comme une peau de bête dépecée ; des bouquins ouverts et fermés s'empilent près de la table de nuit. Mais Patrick veut en avoir le cœur net. Il traverse la pièce sans un bruit sur la moquette épaisse qui couvre le sol. Il ouvre l'armoire, soulève les vêtements de sport qui jonchent le fond : son petit sac à dos de voyage n'est plus là. Ludivine est vraiment partie.

Patrick regarde par la fenêtre. Adeline est dans le jardin, les mains gantées à s'occuper de ses rosiers, insouciante, à chantonner un air léger. Il doit lui dire. Tout cela n'est pas bien grave après tout. Ludivine est en vacances. Elle peut disposer de ses journées, ce n'est plus un bébé. Pourtant, son sac qui n'est plus là, ce départ en catimini, ce « kidnapping » sauvage… Rien de tout cela ne ressemble à Ludivine… mais, à Ludie, au fond, il n'en sait rien.

V

IL A REMONTÉ LE BAS DE SON PANTALON, MAIS GARDÉ SES chaussures. Il pataugе allègrement dans les vaguelettes qui mordillent la plage. Une plage qui s'étire comme un bandeau d'or sous le soleil de cette fin de matinée. Assise sur le sable qu'elle laisse s'écouler lentement entre ses doigts, Ludie regarde son frère. Mathieu son grand frère, Mathieu son petit frère, Mathieu son inconnu.

— Ludie, Ludie ! Tu viens pas te mouiller les pieds ?

— Les pieds ou les chaussures ? lui répond la jeune fille en désignant les deux choses dégoulinantes sur lesquelles il sautille.

— J'ai oublié de les enlever.

Il sourit. Il est sûr qu'elle ne va pas le punir. Il est trop content d'être là, sur cette plage. La surprise lui plaît. Pour l'instant.

— Je vois ça... Tant pis pour elles.

— Et toi ?

— Quoi moi ?

— Tu viens te mouiller les pieds ?

— Non ! On va aller manger plutôt. Tu n'as pas faim ?

— Il faut rentrer...

Mat s'attrape les mains et commence à les tordre. L'angoisse le prend. Manger, c'est rentrer. Forcément.

— Eh bien, pour quelqu'un qui ne voulait pas partir... Tu ne veux plus rentrer ?

Les yeux de Mat tournent comme des boules de bowling en liberté. Ses doigts se plient les uns sur les autres façon mikado.

— J'ai froid aux pieds.

— Pas étonnant ! Allez viens, on va se trouver un petit resto bien au chaud.

— Il faut rentrer...

— Oui dans un resto ! Je t'invite.

Mais Mat la dévisage sans comprendre. Son corps se met à trembler.

— J'ai froid aux pieds... Il faut manger... Il faut rentrer...

Les bouts de phrases s'entrechoquent, se superposent, se rentrent dedans. C'est comme un vilain refrain abîmé. D'un bond, Ludie est debout. Elle attrape son grand frère et le serre contre elle. Il est bien trop grand, cet échalas, pour rentrer pile entre ses bras. Alors, il se recroqueville, se tord pour mieux se laisser faire. Les câlins de sa sœur, il les aime. Ludie peigne avec ses doigts ses cheveux filasses. Ils sont tellement blonds, tellement fins, ils lui tombent sur les yeux. Sa frange est toujours trop longue et lui mange éternellement ce regard perdu qu'il pose sur le monde. Peu à peu, l'étreinte de Ludie le calme. La voix de Mat se perd dans le col de son blouson :

— Il faut rentrer... J'ai froid aux pieds... Il faut manger...

Ce n'est bientôt plus qu'un murmure. Ludie se dégage doucement :

— Viens !

Elle lui prend la main et l'entraîne, dos à la mer. Il se laisse faire comme un enfant. Une paillote au toit pentu a sorti quelques tables mais Ludie les ignore et pousse la porte. Là, à l'intérieur, ils seront mieux. Poussée par un vieux réflexe de discrétion dès qu'elle est avec Mat, elle cherche des yeux une place retirée. Mais, dans ce petit espace, avec le bar qui dessine une large virgule dans la pièce, difficile de s'isoler. Impossible même. Ludie n'avait pas pensé à ça. Être avec son frère, l'accepter tel qu'il est, le montrer aux autres n'a jamais été son fort. Ses parents l'emmènent parfois en balade ou en vacances. Jamais trop longtemps. Toujours trop longtemps. Ludivine a toujours choisi de rester à l'écart, d'éviter les lieux publics, pour ne pas se montrer avec lui. Alors pourquoi l'avoir emmené aujourd'hui ? Elle n'en sait rien. Sinon qu'aujourd'hui tout est différent.

Elle rejette ses cheveux en arrière afin de se débarrasser de ses pensées.

— Là, dit-elle. Là, on sera bien.

Elle lui montre une minuscule table ronde encadrée par deux chaises en mauvais plastique blanc. La mini-salle de restaurant est presque vide. Comme si l'endroit était fui par les touristes. En général, ce n'est pas bon signe, mais, cette fois-ci, c'est plutôt bien venu. Mat essuie le siège avec un mouchoir plusieurs fois avant de s'asseoir. Ludie le laisse faire, pendant qu'elle se saisit de la carte orange aux coins écornés posée devant elle.

— Ça te dirait, une crêpe ?

— À quoi ?

— Regarde : il y en a au jambon, au fromage, aux champignons...

Mat se laisse tomber sur la chaise et attrape le dépliant que lui tend sa sœur. Il le parcourt des yeux, le retourne, le reretourne, le pose sur la table en soufflant et se met à fixer la mer par la fenêtre.

— Alors ?

— Il y en a trop... Je ne pourrai pas tout manger !

— Non, non, tu en choisis une seule... personne ne pourrait tout avaler !

— Une seule ? Mais laquelle ?

— C'est la question...

Mat reprend la lecture du menu, à l'envers à l'endroit, ses yeux zigzaguent sans but. Ludie s'impatiente. C'est pas vrai ! Combien de temps lui faut-il pour se décider ? Trop, assurément. Une femme en tablier jaune canari sort de la cuisine et se dirige déjà vers eux.

— Bonjour les jeunes ! Vous avez fait votre choix ?

Sa voix s'élève, claire et forte, dans le petit espace. Elle a deux couettes rousses qui lui balaient les oreilles, des lunettes rondes et bleues, et une bouche carmin qui s'ouvre sur des petites dents très blanches et très pointues. Un arlequin à poitrine. Voilà à quoi pense Ludie en la regardant s'agiter autour d'eux.

— Alors, vous êtes en vacances ? En amoureux ? C'est mignon ! Moi, les couples, je peux leur prédire l'avenir. Ça vous tente ?

Mat la dévisage les yeux exorbités. Ludie réprime un fou rire.

— Ben quoi ? Vous n'êtes pas des amoureux ? Mince ! Je me trompe rarement pourtant... Alors, vous avez choisi ?

— Oui, s'empresse de répondre Ludie. Apportez-nous deux jambon-fromage et un pichet de cidre.

— Avec plaisir... Allez ! Vous n'êtes pas amoureux, même juste un petit peu ? Pour me faire plaisir...

Elle insiste avec son sourire bicolore.

— J'aime Ludie !

Le cri sort de la bouche de Mat sans prévenir. Elle s'est tellement rapprochée qu'il lui postillonne dessus. Miss couleurs se rejette en arrière avec un haut-le-corps. Son sourire s'éteint d'un coup et elle passe nerveusement la main sur ses lèvres qui lui laissent une traînée rouge sur les phalanges. Elle leur tourne le dos en grommelant :

— Ça va, pas la peine de hurler !

Ludie explose de rire et Mat la suit, avec un rire qui tient davantage du hoquet et qui lui balance le torse d'avant en arrière. C'est la première fois que Ludie le voit s'esclaffer ainsi, ou alors elle ne se rappelle plus. C'est étrange et, en même temps, cela a quelque chose d'euphorisant. Les deux gars accoudés au comptoir se retournent, sourcils arqués. Ils les fixent comme des bêtes curieuses. Mais Ludie s'en fiche pour une fois. Mat, bouche grande ouverte, a le rire pétillant. Un rire libéré des convenances, des qu'en-dira-t-on, un rire qui s'en fout, un rire heureux. Et Ludie n'a surtout pas envie qu'il s'arrête.

VI

LONGTEMPS, LUDIVINE A CRU QUE SES PARENTS LUI MENTAIENT. Longtemps, elle a pensé que Mathieu avait été adopté, et elle a cherché dans les papiers, les recoins, les tiroirs, les armoires, de quoi prouver ses certitudes. Elle a épié les conversations du soir, les coups de fil et même les lettres. Elle a traqué les ressemblances, les apparences, les profils et les attitudes.

Et puis, un jour, elle a rendu les armes. L'addition d'Adeline et de Patrick aboutissait à deux résultats : l'un raté, l'autre réussi. Mat, le brouillon, et, elle, le numéro gagnant. Pourquoi ? Comment ? Au début, elle a cru qu'elle devait se sentir coupable, comme si c'était à elle de porter cette injus

VI

LONGTEMPS, LUDIVINE A CRU QUE SES PARENTS LUI MENTAIENT. Longtemps, elle a pensé que Mathieu avait été adopté, et elle a cherché dans les papiers, les recoins, les tiroirs, les armoires, de quoi prouver ses certitudes. Elle a épié les conversations du soir, les coups de fil et même les lettres. Elle a traqué les ressemblances, les apparences, les profils et les attitudes.

Et puis, un jour, elle a rendu les armes. L'addition d'Adeline et de Patrick aboutissait à deux résultats : l'un raté, l'autre réussi. Mat, le brouillon, et, elle, le numéro gagnant. Pourquoi ? Comment ? Au début, elle a cru qu'elle devait se sentir coupable, comme si c'était à elle de porter cette injustice. Mais en fait, non. Elle avait fini par accepter les incohérences de la nature qui avaient frappé son frère et l'avaient épargnée. Elle avait accepté ce frère idiot qui avait été prié de jouer au débile plus loin pour ne pas gêner et dont on parlait avec précaution quand il s'agissait d'évoquer ses progrès. Des progrès quasi nuls et qui, avec le temps, d'anniversaire en anniversaire, semblaient s'être faits une raison en choisissant de stagner. La vie, c'est pas le père Noël.

Enfin, pas pour tout le monde. Car Ludivine n'avait jamais eu à se plaindre : elle avait bénéficié d'une vie bien ronde, bien lisse, bien brillante comme une boule de sapin. Alors, malgré ses interrogations, malgré ce frère pas comme les autres, sa vie avait été une vraie autoroute, bien dégagée sur les côtés. Et, pour couronner le tout, le bac qui tombe avec ruban, mention et cotillons ; Virginie qui assure tout sourire que Miguel sera à LA soirée, à la fois celle du bac et celle de ses seize ans ; les parents trop fiers qui donnent la permission de deux heures du mat'. Franchement, malgré les questionnements, les doutes et le reste, la vie de Ludivine, c'était de l'or en barre. Douée, jolie juste ce qu'il faut, choyée, admirée... Qu'est-ce qu'elle pouvait demander de plus ?

Rien, justement. Elle ne demandait rien de plus. Elle pensait pouvoir continuer comme ça, tout droit, tête baissée comme elle avait toujours fait jusque-là, avec l'optimisme naïf de la petite chèvre de monsieur Seguin chevillé au cœur. Sauf que, cette nuit-là, quand elle était rentrée, après une virée en moto avec Virginie et ses potes, après plusieurs verres de vodka bien frappée, après des danses endiablées sur une piste luminescente, après avoir roulé dans les bras de Miguel, son Latino aux yeux noirs, après avoir ri à gorge déployée à l'avenir forcément radieux, après avoir trinqué et retrinqué au début des vacances, après être rentrée titubante et heureuse, elle avait dégrisé.

Elle avait essayé de ne pas faire de bruit, de se glisser de l'entrée à la salle de bains, de la salle de bains à sa chambre. Elle avait fermé la porte et s'était jetée sur son lit, le cœur survolté et la tête carillonnante. La journée n'avait été qu'une succession de rires libérés et joyeux. Elle n'avait même pas souffert d'avoir oublié, bêtement, son téléphone sur sa table de chevet. Tout s'était enchaîné avec un tel rythme que ses copains lui avaient tendu leur mobile pile au bon moment.

Avant de se laisser sombrer, Ludivine avait voulu encore envoyer un texto à Virginie. Lui dire combien la soirée avait été super, combien la vie était belle. Une énergie furieuse pleine d'envies et de lendemains qui chantent battaient dans ses veines. Elle avait attrapé son portable et avait vu qu'une petite enveloppe clignotait. Rien d'étonnant après une journée laissé à lui-même. Elle avait failli remettre à demain l'écoute de ses messages, mais un sursaut de curiosité l'avait fait changer d'avis. Peut-être que Miguel le Latino avait quelque chose à lui glisser tendrement dans le creux de l'oreille. Sa nuit n'en serait que plus belle. Mais c'était une voix inconnue qui avait frappé à son tympan. Une voix de femme. Une voix sourde, hésitante. Une voix terrible.

— Bonjour Ludivine. Vous ne me connaissez pas. Je suis une amie de votre mère. Enfin... de Pauline, pas Adeline. Je voudrais vous rencontrer si vous le voulez bien. J'ai quelque chose pour vous. Voulez-vous me rappeler à ce numéro ?

Et puis, rien. Et puis, c'était tout.

Et puis, c'était fou. Comment la journée pouvait-elle se terminer ainsi ? Elle avait jeté un œil à la pendule : 3 heures 30. En fait, la journée commençait comme ça. Elle n'aurait jamais dû commencer comme ça... Mais c'était déjà trop tard. Des mots avaient été lâchés qui allaient effacer tous les autres, qui allaient les écraser, les piétiner. « Votre mère... Pauline, pas Adeline », et tout s'écroulait.

VII

QUAND ELLE ÉTAIT REVENUE DE CETTE RENCONTRE, PLUS RIEN n'avait été pareil.

Elle était rentrée comme une flèche, avait claqué si violemment la porte qu'un cadre s'était décroché. Une vitre cassée, sept ans de malheur. Ce n'était certainement qu'un début.

— Ludivine ? avait crié sa mère.

Elle était encore dans l'escalier. Sa main avait violemment serré la rampe et elle avait répondu sans même se retourner :

— Maintenant, ce sera Ludie, pour tout le monde !

— Quoi ?

— Je ne veux plus jamais être appelée Ludivine. Jamais.

Et elle avait repris son ascension. Pas la peine d'en dire plus. C'était bien suffisant. Du moins, Ludie le pensait. Mais même pas. Adeline avait ramassé le tableau, balayé les morceaux de verre, effacé les preuves de cette colère subite, digéré la lubie Ludie, affiché un sourire à toute épreuve. Était-elle aveugle ? Amnésique ? Stupide ? Ludie ne comprenait pas cette absence de réaction. Les jours suivants, son père s'était mis à l'appeler Ludie avec un petit sourire entendu, qui voulait dire « voilà un bien charmant caprice ». C'était tellement énorme qu'elle avait fini par rayer fiévreusement son prénom sur tous ses cahiers, ses cartes, ses lettres. Même sur son diplôme du bac. Mais ils ne réagissaient toujours pas.

Elle n'arrivait pourtant pas à les attaquer de front, à leur jeter à la figure ce qu'elle venait d'apprendre. C'est comme si c'était à eux de comprendre, de venir à elle. Mais il ne se passait rien. Néant. Nada. Au fil des jours, elle devenait mutique. La Ludivine joyeuse se transformait en Ludie neurasthénique. Elle ne répondait plus aux appels de son beau Latino. Seule Virginie, l'amie de toujours, avait encore droit à des sourires. Mini-sourires, mais sourires quand même.

À qui le dire ? À qui se confier ? Elle ne savait pas. Elle aurait tant voulu que ses parents avouent, crachent le morceau : « Ma chérie, nous t'avons menti depuis le début. Tu n'es pas notre fille, nous t'avons adoptée, mais nous t'aimons quand même, tu sais... » Ben voyons... Trop simple assurément. À croire qu'ils avaient oublié d'où elle venait, qui elle était. Ils s'étaient mis des œillères. Aveugles volontaires. Et lui ? Est-ce qu'il savait, Mat ? Lui qui l'avait toujours appelé Ludie, lui qui, déjà, refusait l'identité qu'on avait imposée à sa sœur alors qu'elle n'était qu'un bébé braillard et gigotant ? Et comment avait-il accepté d'être mis sur la touche par une enfant qui n'était pas sa soeur ? Il fallait qu'elle sache. Ludie n'avait plus que ça en tête : savoir ce que Mat savait. Peut-être imaginait-elle que c'était plus facile de commencer par lui, plus facile de le faire parler... Peut-être. Ludie avait une furieuse envie de parler à Mat, de s'expliquer, de comprendre.

Parce que non, elle ne faisait pas une crise d'ado mal dans sa peau ; non, elle n'avait pas le blues d'après bac ; non, elle ne stressait pas pour son avenir. Ses parents avaient tout faux. Ils pouvaient bien chercher toutes les explications du monde, tous les mots qu'ils voulaient pour rafistoler ce qu'ils voyaient s'ébrécher, ils étaient à côté de la plaque. Et cette incompréhension qu'elle lisait dans leurs yeux, c'est justement ça qu'elle ne supportait pas. Comment pouvaient-ils ignorer ce qui lui arrivait ? Comment pouvaient-ils ne pas se poser la bonne question ? C'était insupportable. Il lui venait l'envie de tout faire péter. De faire voler en éclat cette vie de mensonges, ces sourires trompeurs, ces mots sournois. Elle étouffait sous leurs non-dits. Maintenant c'était fini. Elle savait et elle le montrait. D'accord, elle ne le disait pas, mais ils auraient dû s'en rendre compte : on ne déraille pas sans raison du jour au lendemain. Leur aveuglement lui faisait plus mal encore que leur silence, celui dans lequel ils l'avaient enfermée à son insu pendant seize ans. Une éternité.

Alors, elle avait jeté au hasard de sa colère des affaires au fond de son sac, elle avait couru jusque chez Virginie, elle lui avait piqué les clefs de sa moto, et elle était partie pour Sète sans prévenir personne, à part Mat, pour ne pas l'effaroucher. Elle s'était invitée aux Oiseaux bleus et avait demandé à son frère de la suivre, et l'avait embarqué pour une journée-vérité.

Maintenant, elle est là, devant lui, à siroter un café, pendant qu'il enfourne sa troisième crêpe. Les lèvres barbouillées de chocolat. Comme un enfant. Comme son frère. Son petit-grand frère. Son même pas frère. Son même plus frère. Et maintenant qu'elle est là, elle se demande comment elle va lui dire. Les mots qu'elle a pourtant répétés en boucle dans sa tête se refusent à sa bouche. Préserver le silence, encore un peu. Pour savourer l'ignorance. Elle en viendrait à comprendre ses parents. Mais non, impossible. Impossible de faire comme eux.

Tant pis, il faut se lancer. Elle pose sa tasse de café, essuie les lèvres de Mat d'un geste maternel. Elle efface les traces de chocolat, comme elle va effacer son sourire, son insouciance. C'est injuste. Elle le sait. Il n'y est pour rien. Mais elle non plus. Avec lui, elle se sentira plus forte. Du moins, elle l'espère.

Au fond, elle n'en sait rien.

VIII

— QU'EST-CE QUE TU DIS ?

Adeline s'est redressée, ses boucles brunes collées sur son front en sueur. Elle les disperse d'un revers de manche. Ses yeux se plissent pour mieux comprendre.

— Je n'ai pas entendu... La voiture est passée juste quand tu as parlé, dit-elle pour s'excuser de le faire répéter.

Patrick souffle posément, longtemps et recommence.

— J'ai dit : Ludivine est allée aux Oiseaux bleus. Elle est repartie avec Mat. On ne sait pas où...

— Quoi ?

Patrick ne répète pas. Il sait qu'elle a compris. Les pupilles de sa femme, écarquillées par la surprise, le fixent avec stupeur.

— Mais... mais pourquoi ? Comment ?

Patrick écarte les bras et les laisse retomber dans un signe d'impuissance.

— Je n'en sais rien. C'est la directrice des Oiseaux bleus qui vient d'appeler pour nous le dire.

— Et elle les a laissés partir, comme ça, sans rien faire ? Mais c'est pas croyable ! Et, d'abord, comment Ludivine est-elle arrivée jusque-là ?

Patrick fait une drôle de grimace avec ses lèvres. Il ne répond pas. Il prend le sécateur des mains d'Adeline. Il ne faudrait pas qu'elle se blesse.

Elle reste là, pantelante, incapable de croire ce qu'il vient de lui dire. Entendre, c'est une chose. Admettre en est une autre. Patrick regarde sa femme. Les années l'ont à peine changée, elle est encore menue dans sa salopette marron. Elle a toujours ce visage clair et ces grands yeux bleus où il aime tant se noyer. Mais, à cet instant précis, ils prennent une teinte inquiétante. Une ombre vient danser sur ses iris.

— Je crois qu'il faut qu'on parle, Adeline.

— Qu'on parle de quoi ?

Elle le défie du regard. Parler de quoi ? Parler pourquoi ? Adeline le voit venir, son homme, avec sa phrase lourde comme un orage d'été. Elle refuse déjà, elle ne veut pas. Tout son corps se crispe. Parler ? Encore ? Non, elle refuse. Tout cela est tellement difficile, tellement lointain. Elle ne fait pas de jardinage pour déterrer le passé. Au contraire, ce qu'elle aime c'est faire pousser, réinventer, redécorer.

— Tu sais bien..., tente Patrick maladroitement.

Il voit le corps d'Adeline frémir, se redresser et se raidir. Elle lui tourne le dos, elle s'en va.

— Adeline !

Mais son cri se dissipe dans l'air. Le parterre de fleurs est à moitié retourné. Il restera comme ça aujourd'hui. Patrick range soigneusement l'outil de sa femme dans l'établi. Tout y est étonnamment en ordre. Adeline aime quand c'est rangé, bien aligné. « C'est tellement plus agréable, une maison bien tenue », dit-elle souvent avec un sourire satisfait. Patrick soupire. Tout n'est pourtant pas aussi bien ordonné qu'elle le voudrait dans leur vie. C'est Ludivine qui vient de le leur rappeler. Parce qu'il en est sûr, maintenant : Ludie n'est pas arrivée par hasard, encore moins par caprice. Au mieux, elle se doute de quelque chose. Au pire, elle sait. Comment ? Mystère. Tout avait été si bien caché, enfoui dans les méandres du passé qu'eux-mêmes se demandent parfois si tout cela a existé. Adeline n'en parle jamais, et lui non plus à vrai dire. Parfois il s'interroge. Il se parle à lui-même, il fait les questions-réponses, mais il finit toujours par se calmer. La vie reprend le dessus. Il faut bien avancer. « Ce qui est important, c'est aujourd'hui et demain, pas hier. » C'était leur credo, à Adeline et à lui, quand tout a commencé.

Mais quand tout cela a-t-il commencé ? Voilà une bonne question... À l'arrivée de Ludivine. Ou, bien avant, à celle de Mathieu, là où tous les espoirs étaient permis, où l'avenir s'écrivait en lettres d'euphorie. Cette naissance avait un tel parfum de bonheur, était porteuse de tant d'espérances. Un beau bébé bien joufflu. Et puis, le verdict qui tombe de très haut, brisant tous les espoirs.

— Mat ne sera pas comme les autres. Il est différent. Un problème au cerveau qui ne pouvait pas être détecté in utero...

Et le reste de la phrase qui se perd dans le brouillard. Un vertige, et puis plus rien. Adeline s'est évanouie, incapable d'en entendre davantage. Après, il avait bien fallu faire avec... Avec cet enfant. Leur enfant, à Patrick et à elle. Mais comment ? Personne ne savait et tout le monde conseillait. C'était insupportable. Patrick se rappelle comment Adeline s'était refermée sur cet amour au goût d'inachevé... Elle s'était dévouée corps et âme à Mat, lui consacrant tout son temps, toute son énergie. Mais ça n'avait pas suffi. Elle avait dû se rendre à l'évidence. Elle était incapable de l'aider. À trop vouloir en faire, elle ne faisait que s'épuiser. Avec peine, Patrick l'avait doucement ramenée à la raison. Mais cela n'avait pas été facile de trouver les mots justes. Elle le prenait pour un lâche, pour un mauvais père. Ils avaient été à deux doigts de tout faire exploser : leur vie, leur amour, leur passé ne tenaient plus qu'à peu de choses. Peut-être au sourire innocent de leur enfant. Peut-être... Ce qui est sûr, c'est que la présence de Mat les retenait encore d'aller creuser trop loin, de faire jaillir des paroles définitives et haineuses. Puis, l'espoir était revenu. D'un coup. Totalement inattendu. Il s'appelait Ludivine et les avait dévoré de ses deux grands yeux bleus.

IX

— OUHOUH ! MAT ! TU ES LÀ ?

Ludie agite ses doigts devant le regard absent de son frère.

Il secoue la tête en riant et lui attrape la main, qu'il garde dans la sienne, beaucoup trop grande.

— Je suis là.

Ludie inspire profondément. Elle sait que c'est maintenant.

— Mat... Que sais-tu de moi ?

L'incompréhension de Mat s'affiche aussitôt sur chacun de ses traits, comme si Ludie avait appuyé sur un bouton. Elle ne doit pas avoir trouvé les bons mots, posé la bonne question.

— Tu es ma sœur, tu t'appelles Ludivine, je t'appelle Ludie. Et je t'aime.

Comment être résumée à l'essentiel, en deux phrases. Après tout, n'est-ce pas la définition qu'elle attendait, qu'elle espérait ? Un sourire timide vient flotter sur les lèvres de Ludie :

— Touché..., dit-elle en mettant la main sur son cœur.

Elle scrute le visage de Mat, étonné et joyeux. Rien d'autre que ces mots-là ne se reflète au fond de ses yeux. Il ne sait pas. Peut-elle lui dire ? A-t-elle le droit ? N'est-ce pas aux adultes de révéler de si grands secrets ? Mais, comme les adultes font défaut, qui reste-t-il à part elle ? Et lui, Mat, pourquoi n'a-t-il pas droit à la vérité ? Simplement parce qu'il a quelques trains de retard ?

— Seulement..., je ne suis pas ta sœur, Mat.

— Quoi ? Quoi ? Quoi ?

La machine à questions est lancée. Elle tourne de plus en plus vite dans la bouche de Mat.

— Quoi ? Quoi ? Quoi ?

Une fois de plus, les gens accoudés au bar se retournent, fâchés d'être dérangés par cette litanie grotesque.

— Chuuuut, lui enjoint Ludie.

— Quoi ? Quoi ? répète encore Mat d'une voix presque inaudible.

Il l'a écoutée, il lui obéit, il se penche vers elle avec une attention extrême. Son corps traverse la table, pour se coller à cette bouche sur le point de lui révéler un grand secret. Ludie est obligée d'opérer un repli stratégique et recule sa chaise dans un grincement.

— Laisse-moi respirer, Mat.

Elle lui fait un micro-sourire, histoire de rassembler les idées qu'elle sent bouillonner en elle.

— Quand j'étais bébé, tes parents m'ont adoptée... recueillie... Enfin, je ne connais pas bien le terme exact.

Les cils de Mat se mettent à papillonner à toute vitesse. Ludie voudrait qu'il arrête, que, pour une fois, il ait l'air normal. Mais ce n'est vraiment pas possible. Couché sur cette table, presque vautré dans son assiette encore maculée de chocolat, avec deux luminaires clignotants à la place des yeux, Mat ne ressemble à rien de connu. Agacée, elle le relève à bout de bras et le repousse dans son siège.

— Tiens-toi bien, voyons...

Et brutalement, elle lui balance :

— Tu ne le savais pas ?

Elle connaît la réponse, mais elle voudrait l'entendre. Elle veut l'entendre. Et il le dit :

— Je ne le savais pas.

Il a la voix d'un automate. D'un robot un peu déréglé.

Et maintenant ? Que lui dire d'autre ?

C'est lui qui trouve, lui qui la relance, qui la pousse dans ses retranchements :

— Ça veut dire que tu n'es pas ma sœur ?

Ludie se mord les lèvres. Il a l'air désemparé, assis tout seul sur sa chaise, comme un pantin cassé. Elle doit faire attention ; elle doit bien soupeser ses mots.

— Je suis et je serai toujours ta sœur de cœur, Mat ! Bien sûr. Juste que papa et maman ne sont pas mes vrais parents.

— Mais si ! Bien sûr que si !

Il a presque crié. Elle ferme les yeux. Elle a presque envie de faire tourner les aiguilles à l'envers. Son idée n'était pas la bonne. À l'évidence. Et pourtant... Maintenant qu'elle a dit son secret, qu'elle l'a formulé, elle se sent un peu mieux. Sa poitrine semble moins écrasée. Elle respire plus légèrement. Et, soudain, elle comprend ce qu'elle doit lui dire pour l'apaiser :

— Oui, Mat. Ce sont les parents que j'ai eus et que j'ai encore, les seuls que je connaisse et...

Elle hésite un instant.

— Et que j'aime.

Son « j'aime » sonne faux. Parce que depuis qu'elle sait, l'amour a vraiment été relégué au second plan, loin derrière les sentiments de trahison et de colère qui la tiennent debout. Mais, elle sent que Mat a besoin de ces deux mots-là pour retrouver l'équilibre. D'ailleurs, à peine les a-t-elle prononcés qu'elle voit le corps de son frère se relâcher. Alors, rassuré, il se met à fredonner :

— Tu es ma sœur, tu t'appelles Ludivine, je t'appelle Ludie. Et je t'aime.

X

ADELINE S'EST ENFERMÉE DANS LA SALLE DE BAINS. PATRICK entend l'eau couler dans la baignoire. Un bruit qui palpite derrière la porte et qui vient meubler leur silence. Il jette un œil par la serrure. Il la voit. Assise sur les toilettes fermées, le regard perdu dans le vague. Un vague qui doit ressembler au passé. Celui qui leur a amené ce deuxième bébé. Un bébé normal, un bébé sans problème. Un bébé avec toute sa tête. Patrick se laisse glisser sur le parquet. Les images le submergent. Il se souvient : le cri d'Adeline dans le combiné, la course folle jusqu'à l'hôpital, les yeux fuyants du chirurgien, l'annonce violente, le double enterrement sous la pluie, la visite chez le notaire, la surprise à la lecture du testament, les démarches administratives, et le bébé. Ludivine.

— Elle était si petite... Elle n'avait pas besoin de savoir.

Perdu dans ses souvenirs, il ne l'a pas entendue ouvrir la porte. Adeline le surplombe. Elle a fermé le robinet. Sa voix le sort de sa torpeur. Il entend la mousse pétiller joyeusement derrière lui. Adeline n'a pas dû lésiner sur le savon. Elle a toujours aimé la mousse odorante qui gonfle sur l'eau. Il a du mal à connecter les mots, à comprendre ce qu'elle vient de dire. Mais, lentement, les mots se fraient un chemin jusqu'à son cerveau.

— Aujourd'hui, elle sait...

Adeline n'a rien à ajouter. Patrick ne trouve rien à dire. Elle tire son mari par la manche. Il se lève et se retrouve face à elle. Son regard l'enlace, l'implore, le supplie. Ne pas parler, surtout ne pas parler. C'est tellement dur. Il l'embrasse violemment et Adeline s'abandonne, se laisse faire. Alors, il l'entraîne dans la salle de bains. Ferme la porte. La baignoire est bien assez grande pour eux deux.

Ma chère Adeline,

Dans quelques jours, nous serons chez toi. Toi, ma sœur, que je n'ai pas vu depuis si longtemps. J'ai tel-

lement hâte de vous retrouver, toi et Patrick. Je suis impatiente aussi de rencontrer Mathieu. Je ne viens pas seule. Éric sera avec moi. Mais ça, tu le sais. Ce que tu ne sais pas, c'est que lui et moi avons eu un bébé. Une petite fille, Ludivine. Elle te ressemble. Je ne te l'ai pas annoncé. Je n'y suis pas arrivée. Comment te dire, vous dire, que nous avons eu ce bébé avec tant de facilité, quand je sais par quelles attentes, par quels moments difficiles, toi et Patrick êtes passés. Bien sûr, il y a Mathieu, mais comme tu me l'as expliqué, les fées ne se sont pas toutes penchées sur son berceau. Mais je sais tout l'amour que vous déployez pour l'entourer. Pour l'aider... Je ne sais pas quels mots employer, quels mots pourraient être justes. J'ai peur de te blesser, de te chagriner. Ce que je sais, ce dont je suis sûre, c'est que Ludivine s'entendra bien avec son cousin. Dans quelques jours, nous serons ensemble. Et les mots, alors, seront superflus. Je ne veux surtout pas te choquer, je n'ose pas l'envisager. Moi seule, peut-être et je l'espère, suis gênée... Mais Éric me dit que jamais tu ne pourrais m'en vouloir pour cela... C'est assez terrible et c'est pour cela que, plus vite nous serons ensemble, plus vite tout cela, ces doutes et ces inquiétudes, s'estomperont. Et nous en rirons ensemble. J'espère avoir le courage de

te poster cette lettre avant notre départ... Je veux que tu saches que, si vous acceptez, Patrick et toi serez le parrain et la marraine de notre fille.
À très vite, ma grande sœur que j'aime. À très vite pour te serrer sur mon cœur.
Pauline

Combien de fois l'a-t-elle lue, cette lettre ? Combien de fois l'a-t-elle froissée entre ses doigts ? Cette lettre que Pauline n'a jamais postée et que les urgentistes ont retrouvée dans son sac et confiée au notaire d'Éric. Enroulée dans son peignoir de bain encore humide, Adeline lit et relit les mots de sa petite sœur. Patrick s'est endormi, happé par un sommeil lourd et sans rêve. Il est là, gisant en travers du lit, le corps nu sur les draps blancs. Ils ont fait l'amour sans échanger un mot, presque sauvagement. Et, maintenant, il dort. Elle aimerait en faire autant, mais elle ne peut pas, elle n'essaie même pas. Elle préfère revenir à ce qui s'est déchiré entre eux. À cette fatalité qui a emporté dans le même geste de faucheuse Pauline et Éric, laissant miraculeusement l'enfant intacte dans l'habitacle de la voiture percutée par un camion. Ludivine, le miracle. Celui qui survient au moment où la vie s'acharne. Celui qui grandit à l'ombre d'un mensonge et à la lumière de l'amour, en espérant que l'équilibre se fasse, que la balance penche du côté de l'amour. Mais l'amour ne peut pas tout. Même quand il est immense. Il n'est parfois pas assez fort pour supporter le poids du passé. Adeline a longtemps cru pourtant que leur amour de parents suffirait. Elle s'est trompée. Et maintenant ?

— Où es-tu Ludivine ? Où as-tu emmené Mat ?

Adeline murmure, les lèvres contre le papier, comme pour mieux l'embrasser malgré l'absence. Assaillie par cette vérité qui la bouleverse et à laquelle elle ne s'était pas préparée : Ludivine sait et l'amour ne suffira pas.

XI

LE MOTEUR VROMBIT DANS LE SOIR QUI TOMBE. ILS SONT REpartis, droit devant, sur cette route qui s'étire le long de la Méditerranée. Droite, longue, étroite. Mat n'a rien dit quand Ludie s'est levée, a payé et est sortie. Il était sur ses talons. Un peu secoué. Elle n'avait pas envie de le lâcher, pas envie de le ramener, pas envie de rentrer, pas envie d'être seule. Juste rouler, avec la présence de son corps dans son dos. Le sentir là, avec elle. Elle imaginait sans peine les messages qui s'accumulaient dans la mémoire de son portable, éteint au fond de son sac. Ses parents, Virginie, la directrice des Oiseaux bleus et peut-être même – qui sait ? – Miguel le Latino. Mais elle s'en foutait. Plus rien n'avait d'importance que rouler. Encore et encore. Toujours plus loin, pour se saouler d'air et de liberté. Les bras serrés autour de sa taille, Mat ne bougeait pas. Il tombait de fatigue, mal à l'aise sur cette selle trop étroite. La fuite en avant de sa sœur – depuis peu adoptive – commençait à le lasser. Il allait bien falloir rentrer. Il tentait en vain de calmer l'angoisse qu'il sentait gonfler au creux de son ventre. Mais il ne pourrait bientôt plus faire semblant. D'abord parce que faire semblant ne lui était pas naturel : c'était bien trop difficile. Enfin parce qu'il n'en avait déjà presque plus envie, pour peu qu'il en ait eu envie à un moment. Et soudain, c'est là, remonté de ses tripes à sa gorge. Il ne peut plus l'empêcher de jaillir.

— Stoooop !

C'est tout ce qu'il peut crier dans ce déluge bruyant de secousses. Il sent l'engin ralentir, s'arrêter. Il saute sur le bas-côté, comme si une guêpe l'avait piqué. Ludie soulève son casque. Elle le regarde. Il tremble, il a des cernes sous les yeux, il a un air de chien battu qui lui fait pitié. Elle ne devrait pas. Mais c'est comme ça. Elle sent immédiatement les problèmes venir. Ils sont au milieu de nulle part et elle n'a pas beaucoup d'arguments en poche pour le rassurer.

— Il faut rentrer ! Je dois rentrer ! Tu dois me ramener ! Je n'ai pas le droit de sortir le soir tout seul.

— Tu n'es pas tout seul, Mat. Tu es avec moi.

— Je n'ai pas le droit...

— Mat... bien sûr que tu as le droit. Tu n'es plus un enfant. Tu es majeur, tu te rappelles ?

Ludie essaie de garder son calme, de toucher sa raison, de lui redonner confiance. Mais avec la nuit qui avance et le ciel qui s'assombrit, les peurs de Mat ne vont pas tarder à surgir. Ludie le sait. Jamais, il n'a réussi à trouver le sommeil sans lumière. Elle n'y a pas pensé, et ce n'est pas le maigre phare de la moto qui va le tranquilliser.

— Ne t'inquiète pas. Pas loin d'ici, il y a un camping. On va y aller, d'accord ? Une petite nuit au camping, c'est chouette non ?

Ludie improvise. L'idée du camping a déboulé sans prévenir. Il suffisait de lui sauter dessus. Elle affiche un air sûr d'elle et, une fois de plus, ça a l'air de fonctionner. Mat se détend.

— Il est où ?

— Par là...

Ludie fait un geste vague qui ressemble à son souvenir. Il y en a un vers Agde, elle en est sûre, au bout du trait noir qui se perd à l'horizon.

— Allez, hop, en selle, Mat ! On y sera avant la nuit !

— On fait la course ?

— La course ?

— Avec la nuit, pour arriver les premiers.

Mat a déjà remis son casque, prêt à faire mordre la poussière à cette adversaire redoutable. Ludie laisse échapper un petit rire :

— C'est parti ! C'est nous les meilleurs.

Ils repartent. La vitesse semble les réunir dans leur folie. Celle de Mat, presque normale, celle de Ludie, délicieusement inhabituelle. Enfreindre les règles, se laisser aller, vibrer sans raison... tout cela est tellement nouveau pour elle. Une joie magnifique s'empare d'elle, elle accélère encore. Pour un peu, elle fermerait les yeux. Pour être comme Mat, pour ne plus penser à rien, pour se perdre dans l'instant. C'est vertigineux comme sensation, enivrant. À cet instant-là, Ludie envie Mat, son insouciance, son inconscience. La vie est tellement plus facile, ainsi, tellement plus libre, aussi. Un coup de klaxon la ramène brutalement à la réalité. Elle freine, reprend les commandes plus fermement. Mourir dans un accident, on a déjà donné dans la famille. Sa vraie famille. Pas la peine d'en rajouter. Ce brusque rappel à l'ordre, la ramène à cette fameuse journée-vérité. Celle où, obéissant à la voix venue du fond de son téléphone, elle est allée au rendez-vous. Celle où elle est allée au devant d'elle-même, de son passé, de son histoire. Celle où, en poussant la porte du café, elle a enclenché un mécanisme dont le mode d'emploi lui échappe encore. Depuis, elle avance les pions à l'aveugle sans savoir où cela la mène.

— Là !

C'est Mat qui vient de crier. Il a vu la pancarte du camping qui clignote. C'est là qu'elle va : dans ce camping, avec ce grand-petit homme, pour une nuit loin de tout.

XII

QUAND LUDIVINE, PAS ENCORE LUDIE, AVAIT RAPPELÉ LA VOIX, elle avait écourté, s'en était tenue aux informations pratiques : « Vous voulez me voir où et quand ? À 15 heures, au café des Embruns. Parfait. Je vous reconnais comment ? Un chemisier rouge, d'accord. »

Et elle avait raccroché. Mal à l'aise, déroutée, inquiète, impatiente.

Elle était arrivée avec dix minutes d'avance, le ventre tordu par la peur du lapin. Par l'envie d'une erreur. Par l'envie de savoir. Par les questions sans réponse. Par un détestable mélange de curiosité et de crainte. Le chemisier rouge s'était approchée sans une hésitation, comme si elle, elle n'avait pas besoin de savoir que Ludivine avait enfilé son tee-shirt bleu électrique. Elle s'était assise pile en face et c'était comme si, dans ce vieux café où les murs sont des miroirs, Ludivine s'était retrouvée cernée par ce visage étranger, par cette silhouette inconnue.

— Bonjour Ludivine.

Le ton était souriant et pétri de certitudes. Ludivine avait juste hoché la tête. Tout entière tendue vers les traits calmes et fins de cette femme encore jeune. Ses cheveux tournés comme une corde blonde sur son épaule rouge lui faisaient légèrement pencher la tête à droite, dans une contemplation sans fond. Ludivine avait l'impression qu'elle buvait littéralement son image.

— Je ne pouvais pas me tromper. Tu es son portrait craché.

— De qui ? avait grogné Ludivine, sur la défensive.

— D'elle... de Pauline, de ta mère...

— Ma mère s'appelle Adeline.

— Tes grands-parents aimaient le son « line ». D'ailleurs on le retrouve presque dans ton prénom.

Elle avait marqué une pause, comme si elle réfléchissait.

— Toutes les lettres y sont en tout cas...

Ludivine s'était jetée contre le dossier du canapé, les mains à plat, les doigts écartés, de chaque côté de ses cuisses, comme si elle se préparait à subir d'autres chocs. Inévitables, visiblement. Ses grands yeux s'étaient fermés pour ne plus former qu'une mince fente. Elle ne comprenait rien... Qui était cette Pauline sortie de nulle part ? Quel rapport avec ses grand-parents ? Des grands-parents qu'elle n'avait jamais connus d'ailleurs. Cette femme était-elle folle ?

— Tu sais que tu es la fille de Pauline, n'est-ce pas ?

— Je vous le redis, ma mère s'appelle Adeline. Je ne connais pas de Pauline...

Le regard qui la contemplait se troubla soudainement, une sorte d'effarement gagna l'ensemble du visage, et le corps en entier tressaillit comme secouée par une main invisible.

— Tu veux dire... Ils ne t'ont jamais rien dit ? Tu ne sais pas ?

— Je ne sais rien.

Ces mots-là avaient jailli malgré elle. Ludivine comprit à cet instant qu'un secret vieux de seize ans lui tombait dessus sans prévenir. Elle ne savait rien et, pourtant, la vérité lui sautait au yeux. En le disant, elle comprenait qu'elle s'en était toujours doutée. Qu'elle avait toujours cherché à savoir... même si elle s'était trompée de direction. C'était l'équation « Patrick + Adeline = Ludivine » qui était fausse. Depuis toujours.

Ludivine se sentit glisser sur le skaï bordeaux. Une main accrocha la sienne. Une main aux ongles faits, aux jolies bagues. Une main aux doigts longs. Une main douce et ferme. Une main secourable. Et Ludivine referma ses doigts autour de cette balise. Elle ouvrit grand la bouche pour respirer. L'air lui manquait depuis le début de la conversation. Mais elle venait seulement de s'en rendre compte.

— Je suis désolée... J'étais persuadée que tu étais au courant...

Ludivine retira sa main, l'arracha presque.

— Je n'ai pas besoin de vos excuses. Je veux des explications.

En face d'elle, la femme chercha longuement une position, la bonne position, des bras, de la tête, du torse, des jambes, avant de renoncer. Pour dire ce qu'elle devait dire, il n'y avait pas de position idéale.

— Je m'appelle Pélagie Morgan. Je suis une amie de ta mère...

Elle hésita une seconde.

— J'étais une amie de ta mère. Pauline. Pauline était la sœur d'Adeline.

— Ma tante ?

Tout se brouillait dans l'esprit de Ludivine. Tout cela ne ressemblait à rien.

— Adeline est ta tante. Avec son mari, ils t'ont adoptée quand tes parents sont morts. Tu n'avais que quelques mois. C'était la volonté de Pauline.

Les mots sortaient d'entre les lèvres carmin de Pélagie comme autant de balles lancées à pleine vitesse. Ils cognaient en rafale sur le cœur de Ludivine.

— Vous êtes en train de me dire... que mes parents sont en fait mon oncle et ma tante !?

Pélagie releva les sourcils, étonnée :

— Je n'y avais jamais pensé. Mais oui... c'est ça.

— Mais... pourquoi vous ? Pourquoi maintenant ? Pourquoi ?

— Pour ça...

Pélagie posa son sac sur la table, repoussant le café qu'elle avait commandé en entrant et auquel elle n'avait pas touché. Elle plongea à l'intérieur et fureta un moment. L'espèce de cabas avachi qui lui servait de fourre-tout était top tendance. Exactement le style de sac que Ludivine détestait. Elle préférait les formes plus franches que ces genres de bouses dont ses copines raffolaient. Mais la main ressortit, tenant un petit album photos, et Ludivine laissa tomber ses considérations futiles.

— C'est pour toi. Je les ai trouvées il y a quelques jours, dans le grenier de mon frère. Il est mort et j'ai dû faire de l'ordre. Bref... j'ai ajouté les miennes. Nous étions copains tous les trois à l'université. On a fait pas mal de trucs ensemble : fêtes, voyages... Je me suis dit que cela te ferait plaisir de les avoir... en souvenir.

Les photos sont là, posées en vrac. Ludivine n'ose pas les toucher. Quels souvenirs ? Pas les siens en tout cas. C'était une autre vie. Une vie d'avant, celle de la femme qui lui avait donné la vie et dont elle ne connaissait rien...

XIII

ÉVIDEMMENT QU'ELLE N'A PAS PENSÉ À LA TENTE. QUELLE question ! Mais le gérant est bon prince. Pour une nuit, il veut bien filer les clefs d'un mobil-home vacant.

— Mais juste une nuit hein ? Et il faut payer d'avance.

— OK, OK..., répond Ludie, d'une voix aigrelette en farfouillant dans son sac à dos.

Elle tend une liasse de billets – presque toute sa fortune – à la main du bonhomme bourru et se laisse guider vers le cube blanc qui va leur servir de toit. Mat est tellement impatient de visiter sa maison de vacances d'un soir qu'il en oublie d'avoir peur, de maugréer, ou même de se lancer dans une itération quelconque. Il sautille sur place d'impatience comme un ludion enfantin.

— Il est normal, lui ? demande leur guide, avec une moue méprisante.

— Il est tout à fait normal, LUI ! rugit Ludie en lui claquant la porte au nez.

Le gérant fait demi-tour en ronchonnant.

— Bon débarras, lui crie Mat, tout heureux de la réponse de sa sœur.

Elle lui sourit. Il est debout, la tête dans le plafond, totalement échevelé. La bouille d'un enfant radieux posé sur deux épaules trop étroites.

— On va être bien là, non ?

— Il y a même des lits ! Et regarde : un salon !

Il ouvre les portes et s'extasie devant la salle de bains, les toilettes, la cuisine.

— C'est drôlement beau ! Une maison rien que pour nous.

— Oui... un petit bateau pour nous deux. Un bateau à roues...

— On pourrait partir...

— S'évader...

La voix de Mat faiblit.

— Ne plus revenir...

Celle de Ludie se renforce.

— S'enfuir...

— Mais on va pas le faire, hein ? Ludie ?

— Non...

Ce n'est pas la réponse qu'elle espérait donner, mais c'est celle qui sort. Direct. L'évidence lui crève la bouche. Comment faire avec une moto qui n'est pas la sienne, un réservoir presque vide, un porte-monnaie dans le même état et un Mat moitié frère, moitié normal ? Ludie s'assoit au bord du lit, la mine défaite, le cœur au bord des cils. Une fatigue énorme lui tombe dessus, l'écrase aussi brutalement qu'une main s'abattant sur une mouche. Elle se sent ridiculement petite, impuissante. Elle voit Mat fouiller dans son sac et brandir victorieusement un paquet de biscuits pas mal cabossé. Il n'a pas l'air de s'en faire. Il lui fait confiance. Il s'en remet à elle avec un sourire qui déborde et qui lui fait mal. Dans quelle galère l'a-t-elle embarqué ? Pour se débarrasser de quelle histoire ? Pendant que Mat, assis en tailleur sur le sol, se lèche les doigts et se goinfre de miettes de gâteaux, Ludie jette un œil à son sac à dos qui traîne par terre la gueule ouverte. Elle y a entassé pêle-mêle un tee-shirt de rechange et un pyjama sans savoir vraiment pourquoi. Est-ce qu'elle voulait vraiment ça ? Se retrouver au fond d'un camping, dans un mobil-home qui pue le renfermé ? Avec Mat comme seul soutien ? Ludie ferme les yeux. Elle pense à ceux qui l'ont appelée toute la journée et qu'elle a cherché à oublier. Elle pense à ses faux parents, claquemurés dans leur mensonge, comme deux huîtres à la dérive. Elle pense à Pélagie, mal à l'aise dans son rôle de révélatrice. Elle pense à Pauline et Éric, ses vrais parents disparus dans un stupide accident. Elle pense à tout ce silence qui pèse des tonnes et qu'elle a cru pouvoir soulever toute seule pour s'en débarrasser.

— Tu as vu ? J'ai les orteils bleus ! Ils se sont déguisés en Schtroumpfs !

Ludie ouvre les yeux. Mat a enlevé ses chaussures et ses chaussettes, et s'amuse à gigoter ses doigts de pieds.

— Tes chaussettes ont déteint avec l'eau de mer.

— Tu crois ?

Comment casser ses rêves en une phrase.

— Pfff ! Mat ! Réveille-toi !

— Non ! C'est l'heure de dormir... mais je n'ai pas de pyjama...

— C'est pas grave, dors en slip !

— Ça ne se fait pas, ce n'est pas correct. Il me faut un pyjama.

— Ben, t'en as pas !

— C'est ta faute ! Pourquoi tu m'as pas dit qu'on dormait aussi ? J'aurais pris mon pyjama.

— Arrête avec ton pyjama !

Ludie se lève d'un coup, franchement irritée. Mais quelle idée saugrenue elle a eue de l'emmener...

— Je veux un pyjama ! Je veux un pyjama ! Sinon je pourrai pas dormir.

— Tiens ! Prends le mien ! explose sa sœur en lui envoyant le sien à travers la mini-pièce-salon-cuisine-salle à manger.

Elle veut le faire taire. Elle n'en peut plus de ses jérémiades. Elle veut se reposer, oublier, et tant pis si son geste est moche.

— Ohhh ! C'est vrai ? Tu me prêtes le tien ?

Mat tient les deux bouts de tissu jaune à bout de bras, comme s'il s'agissait du plus précieux des cadeaux.

— Je vais être beau avec ! Comme un soleil !

Et, une fois de plus, toute la colère de Ludie s'évapore. Il est tellement touchant avec ce sourire-là cloué sur la face. Il la désarme.

— Oui... je te le prête.

Mat s'enferme dans la salle de bains pour l'enfiler. Elle l'entend cogner ses membres trop longs contre les parois trop étroites et ne peut s'empêcher de rire. Mat est tellement imprévisible. Elle n'arrive jamais à lui en vouloir très longtemps d'être si… lui.

XIV

LA NUIT S'AVANCE ET TOUJOURS PAS DE NOUVELLES. NI DE Mat, ni de Ludivine.

Comment faire pour respirer quand ses enfants sont perdus dans la nature ? Adeline a fini par convaincre Patrick d'aller au commissariat pour signaler leur disparition. Mais, une fois les éléments donnés, la suite d'événements relatés, le flic leur a conseillé la patience. Bien sûr, il allait mettre son équipe sur le coup, mais il ne devait sûrement s'agir que d'une fugue entre frère et sœur. Rien de bien inquiétant pour eux. Allez, ma petite dame ne soyez donc pas inquiète, ils vont revenir ! C'est sûr ! Ça arrive tout le temps. Tenez-nous au courant et au revoir. Cas suivant, s'il vous plaît !

Attendre donc. Attendre encore. En se rongeant les ongles et les sangs, et les ongles au sang. Adeline tourne en rond comme un fauve en cage, Patrick tente de joindre tous les amis de Ludivine. C'est comme ça que Virginie lui apprend que sa moto a « disparu » et que Ludie a un petit ami répondant au nom de Miguel. Mais lui non plus ne sait rien.

— Il a dit qu'il ne savait rien, ça ne veut pas dire qu'il ne sait rien, siffle Adeline, mauvaise, prête à planter ses griffes dans tout et n'importe quoi.

— Il a eu l'air sincère, ma chérie, je t'assure. Il m'a dit qu'il lui a laissé trois messages sur son répondeur.

— Mais alors, où sont-ils ? Où sont-ils ?!

Patrick prend sa femme dans ses bras.

— Sûrement pas loin. La police doit avoir raison. Elle a pris la moto, est partie chercher son frère et l'a emmené en balade...

— Mais pourquoi ? Pourquoi ? Pourquoi n'est-elle pas venue nous voir, nous parler de ce qu'elle a découvert ? Lui n'y est pour rien !

— Je crois qu'on a pas vu, pas entendu ce qu'elle essayait de nous dire. Cette Ludie apparue aussi subitement, c'était un signe. Et on n'a rien fait. Elle voulait sans doute que nous allions vers elle. On l'a pas fait, on l'a pas fait...

C'est Adeline qui serre Patrick maintenant, dans une étreinte éprouvante qui les lie, debout, dans la cuisine où le café siffle sur la gazinière.

— On ne l'a pas fait, on n'a rien dit..., continue Patrick, broyé par la culpabilité.

— Chut ! Patrick ! On a fait ce qu'on croyait bien pour elle, pour nous.

— Pour nous surtout...

Il se dégage des bras de sa femme.

— On a eu tout faux. Elle nous en veut.

— Mais... comment peux-tu être sûr qu'elle sait ?

Patrick lui jette un regard atterré.

— Arrête ! C'est pitoyable...

— Eh bien alors, dis-moi comment. Par qui ? On a tellement fait attention...

— Et pourquoi on a fait tellement attention ? Pour se retrouver ici et maintenant, complètement paniqués... Jamais nous n'aurions dû lui cacher la vérité. Il n'y avait rien de terrible, dans cette vérité !

— Rien de terrible ? rugit Adeline, s'écartant brutalement de Patrick. Ses parents étaient morts ! Que peut-il y avoir de plus terrible que ça ?

— Et alors ? Aujourd'hui, ils sont toujours morts ! Et aujourd'hui, c'est bien pire ! Elle a seize ans et elle se prend tout dans la face en un éclair ! On aurait pu lui apprendre petit à petit… Alors que maintenant…

Patrick se laisse tomber sur la première chaise venue, la tête entre les mains. Adeline s'appuie contre le mur.

Ce qu'elle vient d'entendre est une sentence à son encontre. Elle le sait. Cette idée de ne rien dire était la sienne. À force d'arguments, elle avait convaincu Patrick. Mais, maintenant, c'est une vie entière qui tourne au cauchemar. Une vie de non-dits qui explose sous les reproches de son mari. Car, confusément, même si elle refuse de l'admettre encore, elle sait déjà qu'il a raison. Et c'est une vraie torture. C'est comme si on lui pliait le cœur en cinq, la froissait de l'intérieur, lui arrachait les veines.

Quand Patrick relève la tête, Adeline est aussi blanche que le mur qui la soutient. Il la voit, mais ne bouge pas. Il lui en veut tant. Il s'en veut tant de l'avoir écoutée, d'avoir accepté, d'avoir été complice de ça.

Depuis combien de temps sont-ils là, figés dans leur mutisme, englués dans leurs remords, quand la sonnerie du téléphone déchire le silence ? Ils seraient bien incapables de le dire. Mais le cri strident les arrache d'un bond à leurs lamentations. Patrick est le plus rapide, il se rue sur le combiné :

— Allô ?

— Monsieur Martel ? Patrick Martel ?

— Oui...

— Bonjour... Voilà, je me présente. Je m'appelle Pélagie Morgan. Je suis... j'étais une amie de Pauline, la sœur de votre femme. Nous nous sommes rencontrés à l'enterrement. C'était il y a un peu moins de seize ans.

— ...

— Voilà... c'est un peu délicat. Mais je pense que j'ai peut-être commis un impair. J'ai rencontré Ludivine. Et, de ce fait, je lui ai révélé qu'elle n'était pas votre fille... Croyez bien que je suis désolée, mais je ne l'aurais jamais contactée si j'avais su qu'elle n'était pas au courant.

— Elle ne savait pas.

La voix de Patrick est aussi froide qu'un iceberg.

— Je l'ai compris, oui, déglutit avec peine son interlocutrice, à l'autre bout du fil. Je voulais juste lui donner des photos de sa mère. J'étais l'une de ses amies à la fac, et... heu...

Adeline s'est rapprochée pour mieux entendre. Elle pâlit davantage en entendant les réponses de cette Pélagie Morgan. Elle arrache le téléphone des mains de son mari :

— Et maintenant, à cause de vous, Ludivine a disparu ! Elle est partie ! Avec son frère ! Vous êtes contente ? Vous êtes contente ?

Adeline s'effondre en larmes sur le sol, alors que Patrick, tremblant, lui reprend le combiné.

— Mon Dieu ! C'est vrai ? dit Pélagie.

— Oui, c'est vrai. Écoutez, merci d'avoir appelé. Vous avez cru bien faire... Rappelez plus tard si vous le voulez. Et je garde votre numéro en mémoire.

— Si je peux faire quelque chose...

Pélagie n'a pas le temps de finir sa phrase. Patrick a déjà raccroché. Retour à la case malheur.

XV

IL S'EST ENDORMI. LUDIE L'A BORDÉ COMME UN BÉBÉ ET A laissé la lumière allumée avant de sortir. La nuit est tellement chaude, éclairée de tant d'étoiles. Impossible de rester entre ces quatre murs étriqués. Ludie s'assoit à même la marche et se roule une cigarette. Elle n'est pas encore très douée. C'est son Latino qui lui a appris, le soir de la fête. Elle n'a pas voulu refuser. En tant que jeunette du groupe, elle avait intérêt à se montrer à la hauteur. La fumée lui a râpé la gorge, brûlé les yeux. Mais tant pis, elle n'a rien laissé paraître. Ou presque : le rire de Miguel était tout sauf dupe.

Le papier a du mal à coller, les filaments de tabac prennent la poudre d'escampette entre ses doigts malhabiles. Mais Ludie a envie de fumer, là, tout de suite. Juste pour être au diapason avec son humeur : perdue, romantique, nostalgique, triste ? Elle ne sait pas. Quelque chose au milieu de tout ça, quelque chose qui l'envahit tout entière. Elle n'a aucune envie de dormir, trop de sentiments se battent en elle.

Elle se lève, sa petite brindille mal ficelée au bout des lèvres. Le bout rougeoie. Ludie marche en direction de la mer. Quitter le camping, les gens qu'elle sent autour d'elle, toute ces vies qui bruissent entre les toiles de tente, autour des tables chargées, tous ces corps qui suintent l'après-soleil et les vacances. Elle veut de l'air, de la solitude, de l'horizon. Une envie d'espace et de vagues. Sans se retourner elle quitte le campement, elle tourne le dos à son frère, elle va droit devant. La route à traverser et l'étendue d'eau est là. Déjà, le sable crisse sous ses pieds et l'air marin s'engouffre en elle. La masse sombre de la Méditerranée s'étend à l'infini et rejoint le ciel là-bas, à l'horizon, où son regard se noie. Ludie ferme les yeux. Elle fait défiler les photos sur son écran noir. Cette jeune femme aux yeux bleus et aux boucles brunes qui ressemble tant à sa sœur Adeline, à elle aussi. Une ressemblance étonnante. Autant de ressemblances pour tant de mensonges. Et, pourtant, si elle regarde de plus près, Pauline avait une fossette, une bouche aux lèvres minces, une taille pas si svelte. Elle avait plus de rondeurs, plus de rires au fond du regard. Ludie ouvre les yeux, mais sa mère demeure. Là, sur ce rideau bleu-noir qui étend son ombre sur elle, Ludie ressent sa présence. C'est troublant, tellement vrai, si intense. Et puis, il y a ce père toujours invisible. Pas de photos de lui. Mais, en approchant si près de sa mère, Ludie peut presque le toucher.

Elle se laisse glisser sur le sable, un léger frisson la parcourt. Lentement, avec des gestes au parfum de sel, elle caresse les grains du rivage. Les doigts légèrement écartés, elle les sent rouler sur sa peau. C'est tiède, tendre, agréable. Ludie voudrait se fondre dans ce décor de rêve et de silence. Mais elle sait déjà qu'elle n'y arrivera pas. Que cette parenthèse étrange se fermera bientôt, bien trop tôt. Un geste instinctif vers la poche arrière de son pantalon la rappelle à sa vie. Son portable qu'elle a récupéré au fond de son sac est là. Encore endormi sur ses messages. Ludie n'a pas envie de savoir, pas encore. Pourtant, déjà, la réalité la rattrape.

Elle étire ses bras vers le ciel et respire à fond l'air iodé qui chatouille ses narines. Face à elle, l'eau frémit, dans un mouvement continuel, puissant. Elle avance, recule, ne s'arrête jamais de bouger.

Alors Ludie se déshabille. Elle enlève tout et progresse vers l'onde qui l'appelle. Nue. La mer l'accueille, là, entre ses flots légers. Et, dans un geste maternel, la couvre tout entière. La sensation est merveilleuse. Ludie s'y abandonne, oublie tout le reste. Ce frère-cousin qui dort là-bas, ces parents qui ne l'ont jamais été et ceux qui ne le seront jamais plus. Jamais Ludie n'a été aussi seule avec elle-même. Jamais elle n'a été aussi profondément en accord avec elle-même. La plongée de son corps dans l'eau résonne en elle comme une renaissance, un baptême. Elle laisse s'ébattre ses membres, avec une vraie jouissance au creux du ventre. C'est presque magique.

Quand elle sort enfin, ruisselante, apaisée, un nouveau sentiment la domine. Sa vie est entre ses mains. Elle ne laissera plus les autres la gouverner. C'est fini.

Elle s'ébroue comme un animal et enfile ses vêtements sur sa peau mouillée. Un frisson la traverse. Elle rit. Toute seule, sur cette plage obscure, elle rit, la tête renversée en arrière. Elle lâche prise et laisse son rire grimper haut, et se répandre dans la nuit. Prendre possession d'elle, surtout. C'est enivrant. Enfin quelque chose la quitte, se dénoue en elle.

Alors, maintenant, elle sait qu'elle peut. Elle allume son téléphone et écoute. Les voix défilent. Patrick, Adeline, Virginie, Miguel... Ils sont tous là, dans cette petite boîte. Ils ont confié à ce drôle d'engin leurs inquiétudes, leurs prières, leurs questions. Ludie sait qu'elle ne répondra pas. À aucun.

Demain est déjà là, même si la nuit dit le contraire. La fatigue la prend par surprise. Pourvu que Mat ne se soit pas réveillé. À regret, Ludie décide de rentrer. Il est temps.

XVI

ET ELLE EST RENTRÉE. AVEC MAT DANS SON DOS. BOUDEUR ET affamé. Il a râlé tout le long du trajet, incapable de se contenir.

Pourtant, elle a roulé sans s'arrêter, sur la frêle moto de Virginie, avec juste assez d'essence pour faire le chemin à l'envers et les mots de son frère dans les oreilles :

— Je veux revenir chez moi. Je veux revenir chez moi. Mais ta moto fait trop de bruit. Et puis, j'ai faim. Tu me ramènes chez moi ? Je veux revenir chez moi. Je veux revenir chez moi. Mais ta moto fait trop de bruit. Et puis, j'ai faim. Tu me ramènes chez moi ?

En boucle, un deuxième moteur dont elle n'avait pas la clef et qu'elle a dû supporter, parce qu'après tout, c'était sa faute s'il était là. Ludie en est venue à se demander pourquoi elle l'avait emmené. Elle avait hâte de s'en débarrasser. De le remettre sur les bras de ses parents. Après tout, c'était lui, leur fils. Pourquoi l'avaient-ils sacrifié pour elle qui n'était même pas leur vraie fille ? C'était injuste.

À cette pensée, une bouffée de tendresse extrême lui a gonflé la gorge et le cœur. Mat pouvait bien n'être qu'un cousin, qu'un bizarre, c'était avant tout son grand frère, fragile et émouvant. En avalant les kilomètres et le bitume qui la ramenaient vers Adeline et Patrick, Ludie sentait enfler sa détermination. Elle ne voulait plus rien leur devoir. Il lui semblait qu'elle avait beaucoup trop reçu, qu'elle avait volé la place de Mat, qu'elle avait usurpé sa vie. Et tant pis si les faits sont amers et le hasard déloyal. Avec ou sans elle, Mat n'aurait sans doute pas eu de meilleur destin. Mais, au moins, l'amour de ses parents ne lui aurait pas été enlevé par une fille soi-disant parfaite. Ludie a ricané. Parfaite, tu parles ! Formatée, oui ! Coachée à la bonne note et au bon résultat. Et après ? Est-ce que cela faisait d'elle quelqu'un de mieux ? Longtemps elle l'avait cru. Aujourd'hui, c'était terminé.

Elle gare sa moto dans l'allée qui conduit à la maison. Il est encore tôt. Juste l'heure du petit déjeuner. Mat va pouvoir manger. La bouche pleine, au moins, il se taira. Elle n'en peut plus de sa voix, de ses phrases qui tournent comme un vieux disque rayé.

Mat écarquille les yeux.

— On n'est pas aux Oiseaux bleus ! Pourquoi on n'est pas aux Oiseaux bleus ?

Ludie ne lui répond pas, mais elle lui prend la main et la serre longuement. Enfin ils avancent, côte à côte. Lui, ne comprend pas bien ce qu'il fait là. Il la suit, pourtant, confiant. Même si, depuis le début, la logique de cette virée lui échappe, même si la confidence de sa sœur n'a sur lui qu'un effet limité. De toute façon qu'est-ce que ça change ? Vraie sœur ou pas, c'est Ludie. Elle reste Ludie. C'est tout ce qui compte. Ce qu'il veut, lui, c'est retrouver sa chambre. Bien sûr, il la connaît cette maison aux tuiles roses et aux volets bleus. Bien sûr il sait que c'est là qu'il a grandi, un temps en tout cas, et que c'est aussi là que vivent ses parents. Et Ludie. Mais il n'avait pas prévu qu'il allait venir ici. Depuis que Ludie est venue le chercher son quotidien est remué comme un shaker. C'est compliqué, difficile à suivre. Mais il la suit, il s'accroche à sa main, petite bouée dans sa tempête.

Ils sont tout contre la porte maintenant, le doigt de Ludivine hésite. Mat comprend que quelque chose se joue là, devant cette maison, devant cette porte. Il sourit à sa sœur, sa petite sœur. Un sourire d'encouragement. Ils se regardent et, pour une fois, rien n'est bancal, ils sont juste à leur place. Ensemble. Alors Ludie appuie sur le bouton.

La porte s'ouvre et une femme se tient au chambranle avec une tête chiffonnée, un regard un peu ahuri. Une femme qui pourrait être sa mère, mais qui ne l'est pas. Une femme qui l'a tant aimée et qui lui a tant menti. Une femme qui l'a élevée et qui l'a trompée. Une femme qui l'a trahie. Une femme qui retient son geste pour ne pas la prendre contre elle, pour ne pas l'embrasser follement. Une femme qui souffre horriblement de retenir ces gestes-là.

— Où étais-tu ? Nous étions fous d'inquiétude ! Mat, mon chéri ! Rentrez, rentrez !

— Mat a faim.

Mathieu acquiesce violemment de la tête.

— Je vais te faire à manger. À vous deux, se reprend Adeline, qui tente d'établir un dialogue.

— Moi, j'ai pas faim. Où est pa... Patrick ?

Adeline ne peut réprimer un haut-le-cœur. Bien sûr, elle savait que Ludivine avait appris. Mais là, la vérité la frappe brutalement. Il n'est plus temps de jouer la comédie, de faire semblant de ne pas comprendre. Le mensonge, elle a déjà donné et elle pressent que Ludivine-Ludie ne le supporterait pas.

— À la cave, s'entend-elle répondre faiblement.

Ludie lui passe devant, balance son sac à dos et son casque dans l'entrée, et descend l'escalier qui mène au sous-sol. C'est lui qu'elle veut voir. Son intuition lui dit que c'est lui qui pourra lui dire ce qu'il en est vraiment, sans faux-semblants. Ce qu'elle sait déjà mais qu'elle veut entendre de sa bouche. Elle a déjà trop attendu et la colère bouillonne au creux de sa poitrine. Elle leur en veut tellement, à lui et à Adeline, de l'avoir obligée à les mettre devant le fait accompli, d'avoir tout appris d'une étrangère, d'avoir été bernée si longtemps.

— Ludivine ? C'est toi ?

— Oui.

Elle s'arrête au milieu des marches, la main sur la rampe. Patrick a encore un chiffon à la main.

— Je nettoyais ton vieux vélo.

Il tremble des pieds à la tête. Qu'est-ce qu'il pourrait lui dire ? Qu'il est tellement désolé, tellement malheureux… Ludie ne bouge pas. Elle attend mais rien ne vient. La fureur monte en elle. Il fait comme si… comme si rien n'avait changé. Comme si tout était normal. Alors que tout a changé, plus rien n'est normal. Les mots sortent, impossibles à contenir :

— Je m'en vais.

XVII

PATRICK, LIVIDE, A LAISSÉ TOMBER LE CHIFFON PAR TERRE.

— Pourquoi ?

— Pourquoi ? Tu me demandes pourquoi ? Parce que vous n'êtes pas mes parents. Parce que, depuis seize ans, vous me cachez la vérité. Parce que vous m'avez aimée à la place de Mat. Parce que vous m'avez menti toute ma vie ! Toute ma vie !

Elle répète ces trois mots qui résonnent en un terrifiant écho dans la pièce encombrée.

— Tout n'est pas vrai dans ce que tu dis, Ludivine.

Malgré son indéniable difficulté à tenir debout, Patrick

a la voix calme et posée. Et ce détail-là achève de la mettre en fureur.

— Ludie ! Je m'appelle Ludie !

— Ludivine, c'est le nom que t'avaient choisi tes parents, tes vrais parents. Et jamais nous ne t'avons aimée à la place de Mat. Mat est notre fils, notre vrai fils, pour reprendre ton vocabulaire. Tu n'es peut-être pas notre vraie fille, mais nous t'avons aimée comme si tu l'étais.

Les mots de Patrick s'infiltrent en elle comme dans une plaie ouverte. Mais au lieu d'atténuer sa douleur, ils l'exacerbent.

— Mais vous ne m'avez jamais rien dit ! Pourquoi ? Pourquoi ?

Elle hurle maintenant, et ce qu'elle redoutait tant survient : les larmes coulent sur ses joues et elle ne songe même pas à les arrêter. Elle ne voulait pas craquer, elle voulait rester forte. Elle se rend compte que c'est impossible.

— Pourquoi ? Je ne sais pas. On a cru que ce serait mieux pour toi. Pour nous aussi, sûrement. On a cru t'épargner le chagrin...

Ce pourquoi-là, Patrick a tenté de le comprendre toute la nuit. Il savait qu'il devrait y répondre. Or, il n'a pas de réponse. Il est sans défense face à la rage de sa fille, devant son immense désespoir. Il ne cherche même pas à s'en protéger. Il veut assumer, même si cela doit le dévaster.

— Nous pensions que notre amour était la réponse.

C'est Adeline qui parle. Elle est arrivée dès les premiers cris, laissant Mat se restaurer dans la cuisine. Sa voix est un murmure qui ne demande pas l'absolution. C'est pour elle une telle évidence. Une telle erreur, aussi. Elle vient de le comprendre et ça lui fait mal, ça lui arrache le cœur. Mais c'est ainsi. Ludivine ne pourra jamais avoir d'autre réponse. Elle devra faire avec. Ou pas.

— L'amour ne peut pas tout, maman.

Ludie se mord les lèvres. Trop tard, ce « maman » lui a échappé. L'habitude.

Le fantôme d'un sourire vient flotter sur le visage d'Adeline. Elle sait depuis peu que Ludivine a raison et pourtant elle n'est pas sûre qu'elle aurait pu faire autrement.

— Je vais faire mes valises. Il me faudra du temps pour accepter ce que je viens de découvrir à seize ans. Sans votre aide.

— Mais..., commence Adeline, affolée. Où veux-tu aller ? Chez qui ? Avec quel argent ? Et tes études ? Tu n'es même pas majeure !

— Ne vous inquiétez pas pour moi. Je me débrouillerai. Mes études attendront. C'est vrai, je n'ai que seize ans mais, grâce à vous, ou plutôt malgré vous, j'ai gagné ma majorité ! Je dois prendre le temps pour décider qui je suis vraiment. Je vais aller rendre la moto à Virginie et puis j'aviserai. Je vous demanderai juste une chose : prenez soin de Mat.

— Mais, nous en prenons soin ! réplique Patrick.

— De plus près, alors. Soyez plus présents pour lui. Je ne serai plus là pour vous accaparer, offrez-lui votre temps. Il n'a que vous.

— Et toi ! Toi ! crie Adeline qui vient de comprendre que la décision de Ludivine est irrévocable, qu'elle va vraiment partir, qu'elle va quitter leur maison pour un avenir incertain, dans lequel elle est tout sauf sûre d'avoir une place.

— Oui, il m'a moi... Il sera toujours mon grand frère.

Sur ces mots, tremblante, elle fait demi-tour et monte dans sa chambre. D'un regard circulaire, elle embrasse les murs. Ils lui renvoient les jours heureux qu'ils ont gardés en mémoire. Mais les couleurs du bonheur se sont délavées au fil de ses larmes. Et plus rien n'est comme avant. Elle ouvre son sac de voyage et empile ses affaires. Où va-t-elle aller ? Elle ne sait pas. Elle a un compte en banque qui va lui permettre de voir venir, mais après ? Elle devra sûrement travailler. Mais, à part étudier, elle ne sait quasiment rien faire. Tant pis, elle apprendra sur le tas. Elle ne sera ni la première, ni la dernière à tâter de la vie active avant l'heure.

— Ludie ?

Adeline se tient sur le pas de porte. Ses traits sont décomposés. Des rivières ont creusé ses joues.

— Tu pars vraiment ?

Ludie ne répond pas, sa valise parle pour elle.

— Tu nous donneras des nouvelles quand même ?

Le jeune fille regarde celle qui a joué le rôle de mère pendant tant de temps. Qui a tenu son rôle à la perfection, comédienne de grand talent. Un sentiment de pitié chemine en Ludie. Elle voudrait le chasser, mais il s'incruste, vivace.

— Oui. Je vous écrirai.

Lorsque sur le perron trop petit, Patrick, Adeline et Mat se massent pour la regarder arrimer son énorme sac sur la moto de Virginie, les aiguilles semblent s'arrêter. Ce pourrait n'être qu'un simple départ en vacances, cela y ressemble tellement. Mais il n'en est rien. Seul Mat le croit encore.

— Moi aussi, Ludie, je pars bientôt ! Je retourne chez moi, lui dit-il avec un grand sourire.

— Moi aussi Mat, je vais chez moi.

Sauf qu'à la différence de Mat, elle ne sait rien de ce futur chez elle... Soudain, elle se retourne, revient sur ses pas, se hisse sur la pointe des pieds et lui glisse à l'oreille :

— Tu es mon frère, tu t'appelles Mathieu, je t'appelle Mat. Et je t'aime.

XVIII

LUDIE NE SE RETOURNE PLUS. ELLE VEUT SENTIR LE VENT DANS ses cheveux, dans sa tête. Elle voudrait que le bruit du moteur et de l'air qui chante sur ses tympans l'empêche de s'écouter penser. Elle voudrait oublier les yeux d'Adeline, le regard de Patrick. Elle voudrait tant mais n'y parvient pas. Elle voulait demander des explications, qu'on lui montre des photos, qu'on lui raconte ses parents, qu'on réponde à ses questions.

Mais non. Rien ne s'est passé comme prévu. Cela viendra plus tard. Elle le sait maintenant. Plus elle s'éloigne, plus elle sait qu'elle reviendra. Mais, pour cela, elle doit lâcher les amarres. Elle pense qu'ils l'ont compris aussi. Enfin, elle l'espère.

Elle sonne chez Virginie et celle-ci n'est pas plus étonnée que cela. Juste un peu fâchée d'avoir vu sa moto disparaître sans explication. Mais elle connaît Ludie, son sérieux, sa sagesse, elle n'était pas vraiment inquiète même si...

— Je t'ai laissé quatre messages ! Tu aurais pu répondre !

— Non... je n'ai pas voulu. J'avais besoin d'une coupure.

— C'est Miguel ? Il s'est passé quelque chose ? demande-t-elle, inquiète.

— Non ! Pas du tout...

— Il te cherche depuis deux jours. Je n'ai pas compris pourquoi tu l'évitais. Il est raide dingue de toi, ça crève les yeux.

Ludie sourit. Impossible de ne pas être touchée. Peut-être que Miguel pourrait l'aider. Elle n'en est pas sûre, elle ne le connaît pas depuis longtemps. Enfin, pas intimement. Mais elle a eu l'occasion de comprendre que c'était un mec bien.

— Tu devrais l'appeler, le rassurer. Il embouteille mon téléphone depuis que tu as disparu et Paul va finir par être jaloux.

Cela lui fait un bien fou d'entendre des histoires de son âge. Des histoires de jeunes qui la ramènent à la vraie vie.

— Je me tire, Virginie.

— Comment ça, tu te tires ?

— Je me casse de chez moi. Je ne peux plus vivre sous le même toit que mes parents.

— Qu'est-ce que tu racontes ?

— J'ai besoin d'un break. J'ai appris… des trucs.

— Quels trucs ?

Ludie sait qu'elle va le dire. C'est maintenant ou jamais. Il faut qu'elle s'épanche, qu'elle raconte. Sa fuite avec son frère, si elle lui a permis de faire le point, ne lui a pas apporté beaucoup de moments de confidences. Or, elle sent que ça déborde. Elle a besoin de raconter. Alors, elle raconte. Tout. Et Virginie l'écoute, une main posée sur la sienne.

— Putain ! Mais c'est dégueulasse ! Pourquoi ne t'ont-ils jamais rien dit ?

— Je ne sais pas. Ils ont cru bien faire, j'imagine.

— Mais on est plus au dix-neuvième, là ! C'est dingue…

— Ça n'a rien à voir. Ils m'ont donné de l'amour à foison, ils pensaient que ça suffirait.

Et voilà Ludie prête à défendre ce qu'elle condamnait si violemment une minute auparavant. Poussée par cet amour qu'ils lui ont transmis.

— De toute façon, maintenant, faut que je m'éloigne. Là, c'est trop difficile. J'arrive à peine à les regarder...

— Écoute, c'est pas possible que tu t'en ailles toute seule. On part dans trois jours à Argelès. Pourquoi tu viendrais pas avec nous ? Je suis sûre que mes parents seraient d'accord.

Ludie hésite. La proposition est tentante. Dans trois jours, c'est loin et c'est proche. D'ici là, elle verra. Ludie met une option. Ni oui, ni non. Peut-être. Cela suffit. Pour Virginie, c'est un oui.

— Pour l'instant je vais aller camper sur la plage. J'ai envie de voir la mer. Tu aurais pas une tente ?

Virginie sourit à son tour.

— Décidément, tu me piqueras tout !

Elle s'en va un instant et revient avec un paquet bien ficelé qu'elle arrime sur le sac à dos de voyage de Ludie.

— Une vraie globe-trotter.

Ludie l'enlace. Une amie comme ça, ça n'a pas de prix. Mat doit déjà être de retour chez lui, aux Oiseaux bleus. Il a retrouvé la généreuse Violette et la sèche Anne de la Brindisière. C'est là-bas qu'il est heureux maintenant.

Heureux, elle n'en est pas certaine, mais bien au moins, c'est sûr. Elle pense à Adeline et Patrick, dans leur maison trop vide. Elle regarde devant. La route s'étire. Elle n'a plus qu'à marcher. À faire du stop aussi. Soudain, elle entend un bruit qui se rapproche. Un vrombissement. Une moto. Qui s'arrête juste à son niveau. Elle suspend ses pas, tourne la tête. Miguel le Latino la dévisage. Virginie l'a appelé et il a rappliqué. Il lui tend la main.

— Viens. J'ai comme une envie de voir la mer, moi aussi.

Plus rien n'a d'importance. Après tout, les vacances ne font que commencer...